하나

세계 종교가 전하는 메시지

세계 종교가 전하는 메시지

제프리 모지스 지음 · 전광수 외 옮김

O N E N E S S

사람과 책

사랑과 헌신과 인내로 연구와 편집을 도와 줌으로써
이 책이 탄생할 수 있도록 해준 내 아내 루스에게

친절한 말씀과 영감과 기도로
이 책을 쓰도록 힘을 주신 테레사 수녀님을 추모하며

이 책의 추천사를 써주며 격려해 주신
거룩한 달라이 라마께

베다의 지혜를 몸소 보여 주신
위대한 마하리쉬 마헤시 요기께

테레사 수녀님과 인연을 맺게 해주신
아니타 피구에레도 박사님께

나를 항상 존중해 주신 부모님 로버트와 바바라
형제 자매인 브래드, 줄리, 마크, 매듀에게

그리고 『하나, 세계 종교가 전하는 메시지』가 출판되도록
애써 주신 발렌타인/랜덤 하우스 출판사의 지나 센트렐로,
앤써니 지카디, 모린 오닐, 패트리샤 피터스,
스테이시 베렌봄, 트레이시 번스타인, 엘리자베스 잭,
조엘 델버고, 에드 월터스,
그리고 그 밖의 많은 분들께
이 책을 바칩니다.

차례

차례

서로 다른 종교와의 조화

세계의 주요 종교들은 모두 비슷한 목적을 가지고 있습니다. 따라서 서로 다른 종교들 사이의 조화는 매우 중요하고 꼭 필요한 일입니다. 비록 철학적 세계관은 상당히 다를지라도 모든 종교들은 인류에게 커다란 도움을 줄 수 있는 엄청난 잠재력을 똑같이 가지고 있다고 저는 굳게 믿습니다. 각 종교는 나름대로 관용, 사랑, 동정심, 그리고 다른 사람에 대한 존경심과 같은 자질을 개발함으로써 인간성을 향상시킬 수 있는 방법들을 가르치고 있습니다.

의식이 있는 모든 생명체는 행복을 바라며 고통을 피하려고 노력합니다. 이와 같은 깨달음은 모든 종교에서 공통적으로 발견되는 사랑과 연민이라는 주제에 반영되어 있습니다. 피상적

인 철학적 차이점은 단지 사람들의 관심과 성향이 다르다는 것을 의미할 뿐입니다. 그와 같은 표면적 차이점들 때문에 갈등을 일으킨다면 그것은 평화와 조화를 실현하려는 더 숭고한 종교적 목적과 모순되는 행위입니다. 이 책에서 전통 종교에 전해져 온 다양한 가르침들을 서로 비교해 보면 모든 종교들이 공유하고 있는 본질에 대해 심오한 깨달음을 분명히 얻을 수 있을 것입니다. 더 나아가 그런 깨달음은 다른 종교 간의 화합과 존경심을 확대하는 데 크게 기여할 것입니다.

달라이 라마

황금률
The Golden Rule

남에게 대접을 받고자 하는 대로 너희도 남을 대접하라는 가르침, 황금률은 종교적 이해의 초석으로서 모든 사람들의 하나 됨을 가장 완벽하게 표현한 것이며 지구상에서 평화와 보편적인 선의를 실현하기 위한 기초가 된다.

황금률은 각 종교마다 거의 똑같은 말로 표현되어 있다. 모든 종교의 창시자와 깨달음을 얻은 선지자들은 가장 근본적인 종교적 사상으로서 황금률을 직접 언급했다.

예수님은 황금률을 "율법이요 선지자"라고 말했으며 마호메트는 "가장 고귀한 종교적 표현"이라고 했다. 랍비 힐렐은 『탈무드』에서 황금률은 "율법의 전부이며 나머지는 주석에 불과하다"라고 가르쳤다. 깨달음을 얻은 힌두교의 현자인 비아사는 "참된 의로움의 요체"라고 말했고, 중국의 위대한 스승인 공자는 "사람이 삶을 살아가는 데 있어서 의지해야 할 하나의 원리"라고 단언했다.

많은 사람들은 어릴 때부터 황금률을 실천하는 것이 하나의 이상이라고 배웠을 뿐 실제적으로 어떤 혜택을 받는지에 대해서는 배우지 못했다. 우리가 다른 사람을 자신과 똑같은 사람이라는 확장된 개념으로 이해한다면 개인이나 사회의 완성을 가로막는 모든 장애물은 사라질 것이다. 모든 개인의 목표를 다른 사람들의 도움으로 이뤄나간다면 세계는 평화와 번영 속에서 번창하게 될 것이다. 그렇기 때문에 황금률을 모호한 이상으로 간주해서는 안 된다. 오히려 그것은 인간의 마음속에 있는 가장 깊은 소망을 담고 있는 실제적인 원리이다. 황금률은 인간의 삶에서 긍정적이고 영구적인 모든 것들을 얻을 수 있는 토대라 할 수 있다.

그러므로 무엇이든지 남에게 대접을 받고자 하는 대로 너희도 남을
대접하라 이것이 율법이요 선지자니라.

… 기독교

자신에게 해로운 일을 남에게 하지 말라. 그것이 율법의 전부이며 나
머지는 주석에 불과하니라.

… 유대교

남에게 대접 받고 싶은 대로 모든 사람을 대하고 자신에 대해 거부
하는 것을 다른 사람에게도 거부하라.

… 이슬람교

자신에게 고통을 주는 것으로 남을 괴롭히지 말라.

… 불교

The Golden Rule

자공이 한마디의 말로 평생토록 행할 만한 것이 있습니까 묻자 그
것은 오직 용서이니라. 내가 하기 싫은 일을 남에게 시키지 말 것이
니라.

··· 유교

이것이 참된 의로움의 요체이니라.
네가 대접 받고 싶은 대로 남을 대접하라.
이웃이 네게 행하기를 원치 않는 것을
너도 이웃에게 행하지 말라.

··· 힌두교

자신이 대접 받고자 하는 대로 남을 대접하라.

··· 시크교

자신이 대접 받고자 하는 대로 모든 피조물들을 대접해야 하느니라.

··· 자이나교

네 이웃의 이익을 자신의 이익으로 생각하고 이웃의 손실을 자신의 손실로 생각하여라. 언제나 다른 사람의 입장에서 생각하라.

··· 도교

자신을 책망하지 않을 일에 대해서 남을 책망하지 말라.

··· 바하이교

네 이웃을 사랑하라
Love Thy Neighbor

「누가복음」을 보면 어떤 사람이 예수님에게 "누가 내 이웃입니까?"라고 묻는 부분이 있다. 오늘날 하루가 다르게 발전하는 교통수단과 통신기술로 인해 더욱 긴밀해진 세계에 사는 우리에게도 이 질문은 시사하는 바가 크다.

질문에 대한 대답으로 예수님은 신앙이 다름에도 불구하고 다친 사람을 도와주는 선한 사마리아인에 대한 비유를 들었다. 이 비유를 통해 예수님은 종교가 같든 다르든 모든 사람은 우리의 이웃이며, 따라서 존경과 도움을 받을 자격이 있다는 교훈을 간결하면서도 분명하게 전달한다. 마찬가지로 이슬람교의 「하디스」 경전에서 마호메트는 "무슬림이든 아니든 억압 받는 자를 도와주어야 하느니라"라고 말한다. 또한 힌두교의 「바가바드기타」에서 비아사는 이렇게 선언하고 있다. "친구이든 적이든 똑같이 사랑하는 자는 나(신)의 은총를 받느니라."

인간은 본성적으로 다른 사람들에 대한 사랑을 갖고 태어나지만, 성장하면서 그 사랑은 여러 번 시험을 받는다. 하지만 세계의 위대한 종교들의 가르침을 이해한다면 인내하는 사랑을 위한 믿음을 지켜나갈 수 있을 것이다.

이 종교의 가르침을 이해하려면 경전을 단지 피상적으로 읽는 데 머물러서는 안 된다. 믿음을 실천해야 하고, 간절한 기도와 깊은 명상으로 힘을 얻어 타인에 대한 사랑을 자신의 삶과 존재의 일부로 여겨야 한다. 많은 사람들이 이와 같은 믿음을 얻게 되면, 이 세상에서 사랑의 표현은 어머니와 자식 간의 사랑과 같이 자발적이고 자연스러워질 것이다.

이웃 사랑하기를 네 몸과 같이 하라.

··· 유대교

새 계명을 너희에게 주노니 서로 사랑하라. 내가 너희를 사랑한 것같이 너희도 서로 사랑하라. 너희가 서로 사랑하면 이로써 모든 사람이 너희가 내 제자인 줄 알리라.

··· 기독교

이웃을 자신처럼 생각함으로써 올바른 행동 규범을 얻게 되느니라.

··· 힌두교

이 세상의 모든 것에 대한 사랑이 넘치고 다른 사람을 위해 덕을 실천하는 사람만이 행복해질 수 있다.

… 불교

이웃과 화합하고 형제들과 의좋게 살아야 한다.

… 유교

이웃과 형제를 자신같이 사랑하지 않으면 믿는 자가 아니니라.

… 이슬람교

세계는 한 가족이다
The World Is Our Family

"세상 사람들은 모두 내 가족이다." 이것은 6,000여년 전부터 구전되어 온 힌두교의 베다 경전 『마하 우파니샤드』에 나오는 말이다. 그 이후로 모든 종교에서는 다른 사람에 대한 이해심, 동정심, 용서, 자비, 원조가 삶의 바탕이 되어야 한다고 거듭해서 가르쳐 왔다.

이 믿음은 모든 종교의 사상적 뿌리다. 우리는 모두 신의 자녀이므로 근본적으로 서로 혈연관계를 맺고 있다는 말이다.

그렇다면 왜 우리가 서로를 미워해야 하는가? 이 책에 포함된 위대한 믿음들은 대부분 우리가 혈통으로써뿐만 아니라 영적으로도 밀접하게 결속된 하나의 대가족이라는 깨달음에서 나온 것이다.

인류의 모든 족속을 한 혈통으로 만드사 온 땅에 거하게 하시고.

… 기독교

선한 사람이든 악한 사람이든 모든 사람은 신의 아들과 딸이며 하나의 아버지에 의해 창조된 형제자매들이다. 그러므로 사람들 사이에는 근본적인 차이가 없느니라.

… 힌두교

우리는 한 아버지를 가지지 아니하였느냐 한 하나님의 지으신 바가 아니냐 어찌하여 우리 각 사람이 자기 형제에게 궤사를 행하여 우리 열조의 언약을 욕되게 하느냐.

… 유대교

모든 피조물은 하나님의 가족이므로 가장 큰 하나님의 은총을 받는
사람은 하나님의 가족에게 선을 행하는 사람이니라.

··· 이슬람교

세계는 하나의 대가족임을 잊지 말라. 하늘은 네 아버지, 땅은 네 어
머니, 그리고 세상 만물은 네 형제자매이니라.

··· 신도

신은 아버지, 땅은 어머니이다, 세상 만물 안에서 우리는 한 가족이다.

··· 수족, 아메리카 원주민

신은 하나다
There Is One God

전 세계 수십억의 사람들은 신을 전능하고 자비로운 분으로 받들고 있다. 사람들은 신이 오직 한 분이며 전지전능한 사랑과 용서의 주체자라고 생각한다.

모든 종교가 신은 하나라고 주장하며, 자신들이 섬기는 신만이 유일한 신이고 다른 신앙의 신과는 다르다고 믿고 있다. 심지어 여러 종교에서는 저마다 자신들이 섬기는 신의 다양한 측면을 이야기 한다. 하지만 그렇다고 해서 신의 완전성이 조금이라도 줄어드는 것은 아니며 그것이 사람들을 서로 반목하게 만드는 원인을 제공해서는 안 될 것이다.

오히려 신이 하나라는 보편적인 믿음은 궁극적인 존재가 우주의 모든 곳에 미치며 모든 인간과 사물은 하나의 본질을 공유하고 있다는 신념을 더욱 확실하게 뒷받침하는 근거가 되어야 한다.

하나님도 하나이시니 곧 만유의 아버지시라 만유 위에 계시고 만유를 통일하시고 만유 가운데 계시도다.

··· 기독교

그런즉 너는 오늘날 상천하지에 오직 여호와는 하나님이시요 다른 신이 없는 줄을 알아 명심하고.

··· 유대교

그분은 만물 안에 숨어 계신 하나의 신이시며 만물의 본질이시며 온 세상을 바라보고 계시며 모든 존재 안에 살고 계시며, 증인이자 인지자이니라.

··· 힌두교

참된 신은 하나밖에 없나니, 그분은 창조자요 영원하시며 태어나지 않으시고 스스로 존재하시니라.

… 시크교

모든 것이 신이시며 신은 모든 것이니라.

… 수피교

진실로 그분은 영원히 그분의 본질 안에 계시며, 그분의 속성 안에 계시며, 그분의 창조물 안에 계신 분이니라.

… 바하이교

주는 것이 받는 것보다 복되다
More Blessed to Give Than to Receive

    돈을 현명하게 쓰면 기도하는 것만큼이나 영적으로 풍요로워질 수 있다. 자신의 내면과 대화하고 진심으로 다른 사람에게 관심을 보이는 사람은 불행한 사람들을 보면 도와주고 싶은 마음이 저절로 우러난다.

    가치 있는 일을 위해 돈과 시간을 쓰며, 남을 돕고 격려하는 것은 결코 손해를 보는 일이 아니다. 오히려 살아가면서 자선을 행하는 사람에게는 한없는 부의 보고가 열리기도 한다. 다른 사람에게 사랑과 관심을 쏟음으로써 인생에서 가치 있는 모든 것을 얻을 수 있다. 사랑하는 마음으로 자신이 가진 것을 가난한 이들에게 나누어 주는 행동은 평화로운 세상을 위한 기초를 놓는 일이며 세상 모든 사람에게 인정을 받게 될 것이다.

주는 것이 받는 것보다 복이 있다.

··· 기독교

현자는 재물을 쌓아 놓지 않는다. 더 많이 나눌수록 더 많이 받게 될 것이며 더 많이 물을 줄수록 더 많은 물을 받게 된다.

··· 도교

관대한 마음을 가진 자에게 만족감이 있느니라.

··· 시크교

자선을 베푸는 자는 알라에게 많은 돈을 빌려드린 것이니라.

··· 이슬람교

선물을 주는 것이 선물을 받는 것보다 더 훌륭한 행동이니라.

··· 힌두교

빈약한 자를 권고하는 자가 복이 있음이여 재앙의 날에 여호와께서 저를 건지시리로다.

··· 유대교

남을 해치지 말라
Do Not Harm Anything

모든 종교의 본질적인 가르침을 짧게 요약한다면 그것은 다른 사람에게 해를 입히지 않는 일이 중요하다는 것을 강조하는 말이 될 것이다.

불교에서는 "항상 사랑과 친절로 남을 대하라"라고 말한다. 힌두교는 "남에게 고통을 주지 않는 것이 가장 이상적이다"라고 가르친다. 자이나교는 "해를 입히지 않는 것이 가장 고귀한 종교이다"라고 선포한다. 기독교는 "사랑은 이웃에게 나쁜 짓을 하지 않는 것"이라고 말한다. 이슬람교에서는 "다른 사람에게 해로운 행동을 하지 말라"고 명령한다. 시크교의 경전에서는 "싸울 때 신의 말씀 외에는 어떤 무기도 들지 말라. 순수한 믿음 외에는 어떤 수단도 사용하지 말라"고 신도들에게 이른다.

다른 사람의 감정과 소망이 결코 우리의 그것과 다르지 않다는 사실을 항상 기억해야 한다. 또한 인류의 가장 고귀한 사상과 희망을 전하는 모든 종교에서 이 세상의 모든 사람은 신이 창조하신 하나의 대가족이라고 말한다는 사실을 잊지 말아야 한다.

남을 해치지 말라. 생각으로나 행동으로나 남을 상해하지 말라. 너와 같은 다른 피조물들에게 고통을 주는 말을 하지 말라.

··· 힌두교

말이나 행동으로 남을 해치지 말고 한결같이 선을 행하라.

··· 불교

서로 인자하게 하며 불쌍히 여기며 서로 용서하기를 하나님이 그리스도 안에서 너희를 용서하심과 같이 하라.

··· 기독교

어떤 생명체도 생각이나 말이나 행동으로 해치지 말라.

… 자이나교

피차에 인애와 긍휼을 베풀며.

… 유대교

남을 해치지 말라. 해를 입었다고 똑같이 남에게 해를 입혀서도 안 되
느니라.

… 이슬람교

자연을 보존하라
Preserve the Earth

종교 경전들은 먼 옛날, 지구가 오늘날처럼 심한 공해로 몸살을 앓기 전에 씌어졌다. 그럼에도 불구하고 모든 종교에서는 아름다운 자연과 귀중한 자원을 보존하는 일의 중요성을 강조하고 있다.

가장 작은 생명체에서 광활한 바다와 대기에 이르기까지 자연계의 다양한 구성원들이 정상적이고 건강하게 상호 작용하지 않으면 우리의 생존 자체가 위협 받는다. 자연이 더럽혀지면 결국 사람이 고통 받게 된다. 이런 이유 때문에 모든 종교에서는 자연을 보존해야 하며 지구와 인간 사이의 상호 의존 관계를 인식하고 책임감을 가져야 한다고 말하고 있다.

생태계를 보존하는 것은 사회 전체에 영향을 줄 수 있는 문제이지만 그 해결책은 개인적인 것에서 먼저 찾아야 한다. 모든 사람이 자기 마음속에 있는 본질적인 보편성을 깨달을 때만이 우리는 자연 세계와 조화롭게 살 수 있다. 우리가 지구를 보살펴야 하는 이유가 바로 여기에 있다. 우리 내면의 자아가 지구상의 모든 사람과 사물을 통합하는 보편적인 존재와 맞닿아 있다는 인식이 세상 모든 사람들에게 점차 확대되어 가야 할 것이다.

땅이 그 위에 자주 내리는 비를 흡수하여 밭가는 자들의 쓰기에 합당한 채소를 내면 하나님께 복을 받고.

··· 기독교

물을 오염시키지 말라. 쓰레기나 음식 찌꺼기를 강과 호수에 버리지 말라. 이렇게 함으로써 거기에 사는 온갖 생물들의 생명을 지킬 수 있느니라.

··· 불교

나무를 심고 씨앗을 뿌리면 사람과 새와 동물들이 혜택을 입게 되느니 그와 같이 하는 무슬림은 자신에게 자선을 베푸는 것이니라.

··· 이슬람교

필요한 것만 취하고 땅은 처음 그대로 내버려 두어라.

… 아라파호족, 아메리카 원주민

나무와 숲을 항상 돌보아야 하느니 사람의 건강에 많은 도움을 주기 때문이니라.

… 힌두교

농사철에 날씨가 좋으면 필요한 양식보다 더 풍성한 수확을 거둘 수 있을 것이다. 웅덩이와 연못에 촘촘한 그물을 쓰지 못하게 하면 물고기와 거북이 넘쳐 날 것이다. 산과 숲에서 정해진 시기에만 도끼를 쓰게 되면 나무가 울창하여 쓰고도 남을 것이다.

… 유교

천국은 우리 안에 있다
Heaven Is Within

삶의 가장 좋은 부분, 가장 의미 있는 측면은 겉으로 드러나지 않고 감춰져 있는 경우가 많다. 오렌지의 달콤한 속살은 씁쓸한 껍질 안에 숨어 있고, 새로운 생명이 움트는 나무의 씨앗은 딱딱한 껍질에 싸여 있다. 사람들은 날마다 밟고 다니는 땅 속 깊숙이 엄청난 양의 보물이 저장되어 있다는 사실을 알지 못한다.

아주 어릴 때부터 우리의 감각은 바깥 세상에 반응하도록 길들여져 있다. 만일 올바른 인도를 받지 못하고 눈에 보이지 않는 것을 이해할 수 있는 능력이 없다면 우리는 겉으로 보이는 세상이 전부인 줄 알고 평생을 살아갈 것이다. 그러나 삶의 참된 보물은 우리 안에 있다! 예로부터 전해진 지혜를 배움으로써, 그리고 기도와 깊은 명상을 통해 우리는 신의 일부인 내면의 침묵과 하나가 될 수 있다.

내면의 침묵과 접촉할 때 우리의 모든 활동은 빛을 발하기 시작한다. 수많은 사람들이 이런 내면의 침묵을 밝게 드러내면 땅 위에서 천국을 볼 수 있게 될 것이다.

바리새인들이 하나님의 나라가 어느 때에 임하나이까 묻거늘 예수께서 대답하여 가라사대 하나님의 나라는 볼 수 있게 임하는 것이 아니요 또 여기 있다 저기 있다고도 못하리니 하나님의 나라는 너희 안에 있느니라.

··· 기독교

무지한 인간은 밖에서 찾는다. 그러나 현자는 자신 안에서 찾는다.

··· 유교

율법이 자신 밖에 있다고 생각하는 자는 절대적인 율법이 아니라 미천한 가르침을 받아들이는 것이다.

··· 불교

사람이 자기 내면의 비밀을 알게 되면 결코 다른 곳에서 행복과 평화를 찾지 않게 되리라.

… 수피교

신은 모든 사람의 마음속에 숨어 있느니라.

… 힌두교

신은 마음속에 있음에도 너는 광야에서 그분을 찾고 있구나.

… 시크교

뿌린 대로 거두리라
As Ye Sow, So Shall Ye Reap

행동에는 그에 상응하는 결과가 따른다. 힌두교인들에게 가장 사랑 받는 경전인 『바가바드기타』에는 "행동이 가는 길은 그 깊이를 알 수 없다"라고 말하고 있다. 따라서 우리가 하는 모든 일이 결국에는 자기 자신과 사랑하는 사람들에게 영향을 끼친다는 사실을 우리는 항상 의식해야 할 것이다.

이 기본적인 진리가 행복과 성공을 좌우한다는 사실을 깨달은 사람은 매 순간마다 다른 사람에게 친절하고 정의롭게 행동하려고 노력하게 된다.

전 세계의 종교, 문화, 국가에 대해서도 마찬가지다. 평화롭게 살고 싶은 사람은 다른 사람이 싸움을 걸어 오더라도 평화로 보답해야 한다. 자신의 전통을 귀중하게 생각하는 사람은 다른 사람의 전통도 귀하게 여겨야 한다. 안전을 원하는 사람은 안전하지 못한 사람들의 안전을 지켜 주어야 한다.

삶에는 범하지 말아야 할 기본적인 법칙이 있다. 그 법칙을 어긴다면 인류의 역사를 통해 가장 현명한 사람들의 충고를 무시하는 것이다. 모든 사람들은 알든 모르든 피할 수 없는 자연의 법칙에 지배 받고 있는 것이다.

뿌린 대로 거둔다는 것은 자연의 법칙이다.

　　　　　　　　　　　　　　　　　　… 불교

사람이 무엇으로 심든지 그대로 거두리라.

　　　　　　　　　　　　　　　　　　… 기독교

누구든 뿌린 대로 거둘 것이니라.

　　　　　　　　　　　　　　　　　　… 시크교

구제를 좋아하는 자는 풍족하여질 것이요 남을 윤택하게 하는 자는
윤택하여지리라.

　　　　　　　　　　　　　　　　　　… 유대교

너에게서 나온 것은 너에게로 돌아갈 것이니라.

··· 유교

뿌리지 않은 것을 거둘 수는 없다. 나무를 심으면 나무가 자랄 것이니라.

··· 힌두교

사랑으로 정복하라
Conquer with Love

　오늘날의 세계에서는 사람이나 국가 간의 논쟁과 갈등을 힘으로 해결할 수 없다는 사실을 깨닫는 것이 매우 중요하다. 모든 종교는 이 점에서 완전히 일치하고 있다. 다른 사람을 힘으로 제압한다고 해도 단지 그들의 몸을 구속할 수 있을 뿐, 갈등의 배후에 있는 원인을 제거하지는 못한다. 오히려 긴장감을 고조시켜서 더욱 심한 적개심을 불러일으킬 뿐이다.

　이와 반대로 사랑은 사람들을 하나로 만드는 힘이다. 사랑은 밖으로 빛을 발하여 사람들 사이의 차이를 해소시킨다. 그렇다고 차이점들이 사라지는 것은 아니지만, 이들이 더 큰 전체와 통합되어 더욱 쓸모 있고 아름답게 변화한다.

　사랑은 싸움이 시작되기도 전에 정복한다. 비록 대화의 경로가 차단되어 싸움이 일어날 때도 있지만, 사랑의 마음을 유지하고 사랑에 의해 하나가 될 수 있다는 믿음만은 버리지 말아야 한다.

선으로 악을 퇴치하라. 그렇게 할 때 너의 적도 가까운 친구처럼 되
노라.

··· 이슬람교

악에게 지지 말고, 선으로 악을 이기라.

··· 기독교

다른 사람을 해치는 자는 자신이 해를 입느니라. 마찬가지로 다른 사
람을 존중하는 자는 존중을 받느니라. 이 말을 명심하여 행동 규범으
로 삼아라.

··· 힌두교

유순한 대답은 분노를 쉬게 하여도 과격한 말은 노를 격동하느니라.

··· 유대교

힘으로 정복하라. 그러면 적의 화가 커질 것이니라.
사랑으로 정복하라. 그러면 후환이 없을 것이니라.

··· 불교

힘은 아무리 숨기더라도 저항을 불러일으킨다.

··· 테톤족, 아메리카 원주민

평화를 이루는 사람은 복되다
Blessed Are the Peacemakers

평화는 어느 시대든 사람들이 추구했던 보편적인 가치다. 법률과 종교와 정치의 궁극적인 목표는 평화이다. 『구약성경』에서는 "평화를 찾기까지 있는 힘을 다하여라"라고 힘 주어 말한다. 「마가복음」에서 예수님은 "서로 화목하게 지내어라"라고 말씀하셨다. 『코란』에서는 "너의 적이 평화 쪽으로 기운다면 그쪽으로 향하라 그리고 하나님께 의탁하라"라고 가르친다.

모든 사람과 나라가 서로 가까운 혈연관계라는 사실을 깨닫는다면 평화는 당연히 올 것이다. 평화는 타인에 대한 관심과 이해를 통해서만 얻을 수 있다. 갈등만을 해소하고자 하는 피상적인 협상이나 일시적인 합의로는 결코 평화를 이룰 수 없다.

종이에 서명하는 것만으로는 화합을 이룰 수 없다! 역사가 기록된 이래로 수많은 평화조약이 체결되었지만 그런 조약으로 영구적인 평화가 유지될 수 없었다는 것은 역사가 말해 주고 있다. 조약을 통해 국경을 만들고 땅을 지키려고 했지만 그것은 인위적인 경계선에 불과하며 결국에는 사람들 사이에 분열을 조장했을 뿐, 사람들의 마음을 하나로 묶지는 못했다. 하지만 화합하는 마음은 영구적인 평화를 이루는 데 필수적이다.

무기를 쌓아 놓는다고 해도 국가의 안전이 보장되지는 않는다. 바로 이것이 우리가 궁극적으로 배워야 할 절대적인 교훈이다. 이제는 사람들 사이에 더욱 깊고 영구적인 사랑과 이해의 감정을 심도록 노력해야 할 때이다. 이것만이 지구 공동체 안에서 영속적인 평화를 이룰 수 있는 유일한 방법이다.

화평케 하는 자는 복이 있나니 저희가 하나님의 아들이라 일컬음을
받을 것임이요.

                                                      … 기독교

금식, 자비, 기도보다 더 훌륭한 행위가 무엇인지 말해주랴? 적과 평
화를 이루는 일이 그것이다. 적개심과 원한은 하늘이 주는 보상을 송
두리째 빼앗아 가기 때문이다.

                                                      … 이슬람교

고귀한 마음을 가진 자는 남이 자신을 해치더라도 평화의 증진과 다
른 사람의 행복을 위해 헌신하느니라.

                                                      … 힌두교

화평을 논하는 자에게는 희락이 있느니라.

··· 유대교

전쟁의 생각이 오면 더욱 강력한 평화의 생각으로 그것을 물리쳐라.
증오의 생각은 더욱 강력한 사랑의 생각으로 제압하라.

··· 바하이교

그분은 분열을 치유하며 우정을 견고하게 하시며, 평화를 추구하고
보장하신다. 평화 안에 그분의 기쁨이 있고 그분의 말씀은 언제나 평
화를 이룬다.

··· 불교

진리는 보편적이다
Truth Is Universal

세계의 종교들은 하나의 뿌리에서 뻗어 나온 여러 갈래의 가지와 같다. 가지마다 제각기 모양은 조금씩 다르지만 모두 하나의 줄기에 매달려 있으며 같은 뿌리에서 영양분을 공급 받는다.

이 비유를 좀 더 발전시킨다면, 그 뿌리는 모든 종교가 가진 공통된 근원, 즉 인간과 신 사이의 연결 고리를 상징한다고 말할 수 있을 것이다. 사람의 내면 깊은 곳에는 보편적 의식의 한 부분을 차지하는 내적 자각이 있다. 어떤 종교든 깨달음을 얻은 종교의 창시자나 스승들은 이러한 근원적 의식에 이끌렸던 것이다. 모든 종교는 신적인 존재에게서 영감을 받는다. 예수 그리스도, 부처, 마호메트, 모세, 상카라, 공자 등 성현들의 말씀은 달라도 인류애와 상호 이해, 타인에 대한 헌신과 같은 공통적인 메시지는 인류 영혼이 하나임을 구체적으로 표현하고 있다.

이러한 메시지는 강력한 힘을 가지고 있다. 유사 이래로 수많은 국가와 철학 사상, 심지어 다양한 종교 분파들이 이런저런 이유로 사람들 사이에 분열을 조장해 왔지만, 결국 시간이 흐르면서 그 모든 분쟁들은 역사 뒤로 사라졌다. 진리는 거듭해서 되살아났으며 사람들은 모든 인간이 본질적으로 동일하다는 사실을 깨닫게 되었다.

신이 사람에게 준 가장 숭고한 소명은 전 세계로 보편적인 진리를 전파하는 것이다. 이 일에 헌신하는 사람들은 신의 인도를 받고 있다. 그들은 다툼과 차별이 사라지고 평화와 화합이 전면에 등장하게 될 새 시대를 위한 등대가 될 것이다.

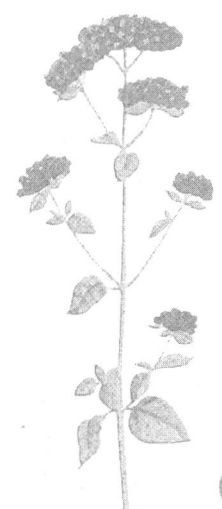

모든 성경은 하나님의 감동으로 된 것으로 교훈과 책망과 바르게 함
과 의로 교육하기에 유익하니 이는 하나님의 사람으로 온전케 하며
모든 선한 일을 행하기에 온전케 하려 함이니라.

··· 기독교

우리는 하나님을 믿으며 하나님으로부터 우리에게 계시되고 아브라
함과 이스마엘과 이삭과 야곱과 그의 자손들 그리고 모세와 예수와
다른 예언자들에게 계시된 것을 믿는다. 우리는 그들 중 아무도 구별
하지 않으며 하나님에게 복종한다.

··· 이슬람교

다른 종파를 비난하지 말라. 남을 업신여기지 말고 오히려 무엇이든
존경할 만한 것이 있으면 존경하라.

··· 불교

성현들은 영원불변하는 근본적 진리들을 다양한 방식으로 묘사해 왔다. 성현들 사이에는 본질적으로 갈등이 없다.

··· 힌두교

진리는 인간 본성과 동떨어진 것이 아니다. 진리로 간주되는 것이 인간 본성과 동떨어져 있다면 더 이상 진리가 될 수 없다.

··· 유교

우리가 라마, 크리슈나, 시바, 부처와 같이 당신을 칭하는 그 모든 거룩한 이름과 형상을 통해 당신을 인식할 수 있게 하소서. 당신이 아브라함이요, 솔로몬이요, 조로아스터요, 모세요, 예수 그리스도요, 마호메트임을 깨닫게 하시고 세상에 알려져 있든 그렇지 않든 그 외의 수많은 다른 이름들과 형상들 속에서 당신을 발견하게 하소서.

··· 수피교

너 자신을 알라
Better to Examine the Self

모든 종교에서 다루는 핵심 주제들 중 하나는 자신을 제대로 알고, 이것을 우리가 하는 모든 행동의 근거로 삼으라는 것이다. 이슬람교에서는 "너 자신을 알기 위해 노력하라"고 외치며, 유교에서는 "자신에 대해 잘 알고 있으면 실수하는 일이 없다"라고 말한다. 힌두교에서는 "자기 자신에 대한 지식은 가장 가치 있는 지혜이다. 이는 깨달음으로 인도하기 때문이다"라고 가르치고 있다.

모든 활동과 성공은 내면에서 나오는 힘과 우리 존재의 전체적인 조화에 기반을 두고 있다. 우리가 성장하기 위해서는 자신의 잘못을 깨닫고 고칠 필요가 있다. 그러나 이것이 쉽지 않은 것은 자신의 결점을 타인에게뿐 아니라 자기 자신에게조차 숨기려 하기 때문이다.

자신의 나쁜 습관을 인식하고 고칠 수 있는 능력을 갖춘 바로 그 순간 우리는 삶의 모든 영역에서 더 큰 행복과 성공을 얻을 수 있는 길을 향해 한 발 성큼 내딛은 것이다. 자신의 결점을 인정하는 법을 배워야만 타인에 대한 애정이 깊어지고 그들의 부족함을 더 많이 용서할 수 있게 된다.

남을 사랑해도 사랑이 돌아오지 않으면 자신의 사랑을 반성하고, 남을 다스리려고 해도 다스려지지 않으면 자신의 지혜를 반성하고, 남을 예로 대하는데도 반응이 없으면 자신의 존경심을 반성해야 한다. 행하여 뜻대로 되지 않는 것이 있으면 반성하여 언제나 그 원인을 자기 자신에게서 찾아야 하는 법이다.

··· 유교

외식하는 자여 먼저 네 눈 속에서 들보를 빼어라 그 후에야 밝히 보고 형제의 눈 속에서 티를 빼리라.

··· 기독교

무지한 자는 겨자씨만큼이나 작은 다른 사람의 잘못을 주목하면서 빌바 열매처럼 큰 자신의 잘못은 무시해 버린다.

··· 힌두교

남의 허물은 들보같이 눈에 띄지만 자기 허물은 티끌 같아 눈에 보이지 않는다. 남의 허물은 겨처럼 까불러 흩어 버리지만 자기의 허물은 도박꾼이 나쁜 패를 감추듯 감춘다.

··· 불교

남을 아는 것은 총명함이요, 자신을 아는 것은 현명함이다.

··· 도교

자신의 마음과 싸우지 않고 다른 사람과 다투는 사람은 인생을 허비하는 것이다.

··· 시크교

부모를 공경하라
Honor Thy Father and Mother

태어나고 자라서 성인이 될 때까지 오랜 시간 돌보아 주신 부모님의 큰 사랑에 보답하는 것은 쉽지 않다. 그렇기 때문에 우리는 부모님을 공경하고 노후를 잘 보살펴 드려야 한다.

그런데 왜 모든 종교에서는 부모님을 공경하는 전통의 중요성을 특별히 강조하는 것일까? 아마도 그런 전통이 전체 사회의 구조를 지탱해 주는 버팀목 역할을 하기 때문일 것이다. 또한 부모에게 효도함으로써 우리 자신이 복을 누릴 뿐 아니라 후손들에게도 그 복이 이어진다고 말하고 있다.

태어난 순간부터 우리가 부모에게서 받는 도움은 삶을 살아가는 데 있어 가장 필수적이고 기본적인 요소이다. 그래서 여러 종교와 전통에서는 보편적 신성을 아버지와 어머니라는 인격을 통해 표현하고 있는 것이다. 이러한 표현들은 우주의 창조적인 힘이 부모의 사랑과 같이 항상 우리를 양육하고 보살펴 준다는 사실을 자연스럽고 분명하게 상기시켜 준다.

아메리카 원주민의 전통 설화에서 말하고 있듯이, "모든 생명은 대지에서 비롯된다. 어느 곳에 시선을 둘지라도 우리는 어머니와 아버지의 일부를 보고 있는 것이다."

내 아들아 네 아비의 명령을 지키며 네 어미의 법을 떠나지 말고 그것을 항상 네 마음에 새기며 네 목에 매라. 그것이 너의 다닐 때에 너를 인도하며 너의 잘 때에 너를 보호하며 너의 깰 때에 너로 더불어 말하리니.

··· 유대교

하나님이 이르셨으되 네 부모를 공경하라 하시고 또 아비나 어미를 훼방하는 자는 반드시 죽으리라 하셨거늘.

··· 기독교

네 아비와 어미를 공경하고 네가 받은 은혜를 잊지 말라.

··· 힌두교

네 부모를 섬기고 공경하라. 천국은 이 세상 모든 어머니들의 발 밑에
펼쳐져 있느니라.

… 이슬람교

아비와 어미를 섬기고
아내와 자녀를 귀하게 여기며
내면의 평화로운 부르심을 따라 가는 것
그것이 지복이다.

… 불교

모든 사람이 자신의 부모를 사랑하고 연장자들에게 마땅한 존경을 표
한다면 온 천하가 태평천국을 누릴 것이다.

… 유교

남을 판단하지 말라
Judge Not

죄를 범한 한 여인이 자신이 지은 죄에 대해 처벌을 받아야 하는가 하는 질문을 받으신 예수님은 "너희들 중 죄 없는 자가 이 여인에게 돌을 던져라"라고 말씀하셨다. 그녀를 비난하던 사람들은 이 말을 듣고 양심의 가책을 느꼈다. 그리고 결국 하나 둘씩 그 자리를 떠나고 말았다.

남이 어떤 행동을 하게 된 진짜 원인이 무엇인지 정확히 알 수 있는 사람은 없다. 그러므로 남을 판단하고 비난하는 것은 옳지 않으며 결코 정당화될 수 없다. 남을 판단하는 순간, 우리는 타인을 향해 열어야 할 생각과 마음의 문을 오히려 걸어 잠그게 되고, 결국 우리가 판단하는 그 사람과 같은 사람이 되고 만다.

"너 자신을 알라"와 "황금률"의 원리와 마찬가지로 이 가르침도 우리들 모두가 다른 사람의 삶에 걸림돌이 되기보다는 이해심을 바탕으로 남들이 좀 더 나은 사람이 될 수 있도록 도와주어야 한다는 근본적인 진리를 표현한 것이다.

수천 년 동안 많은 철학자들과 학자들이 이 가르침에 대해 여러모로 분석해 왔다. 하지만 자신의 부족함을 알고 남을 쉽게 판단하려 하지 않는 사람에게 그 의미는 매우 단순하고 명백하다.

비판을 받지 아니하려거든 비판하지 말라 너희의 비판하는 그 비판으로 너희가 비판을 받을 것이요 너희의 헤아리는 그 헤아림으로 너희가 헤아림을 받을 것이니라.

… 기독교

상대방의 입장에 서 보지 않고서는 남을 판단하지 말라.

… 유대교

네 이웃을 판단하지 말라.

… 불교

그대에게 계시된 것을 따르며 하나님이 심판할 때까지 인내하라. 그분이 가장 훌륭한 심판자이시라.

… 이슬람교

모든 종교는 우리가 서로 사랑하고 남의 잘못을 비난하기 전에 자신의 부족함을 돌아보라고 가르친다. 우리가 무엇이길래 남을 판단하는가?

… 바하이교

원수를 사랑하라
Love Your Enemies

이 가르침은 모든 종교의 창시자들이 친히 언급한 핵심 원리다. 예수님은 제자들에게 자신을 사랑하는 사람뿐 아니라 미워하는 사람도 사랑하라고 가르쳤다. 마호메트는 우리를 선대하는 자뿐 아니라 핍박하는 자들에게도 선을 베풀어야 한다고 말했다. 그리고 『마하바라타』라는 힌두교 경전에서 비아사는 친구와 원수를 똑같이 사랑해야 한다고 강조하고 있다.

깨달음을 얻은 모든 종교의 스승들은 최대한 폭넓은 관점에서 인간사의 원인과 결과와 가능성들을 보았다. 그분들은 사람 간의 불화와 적개심이 더 깊은 차원의 본질적인 문제에서 비롯되는 것임을 깨달았다. 모든 인간이 하나임을 깨닫지 못하기 때문에 아주 사소한 불만도 엄청난 대립으로 커지고, 아무리 오래 대화를 나누어도 표면상의 차이를 극복하기 어려운 것이다. 하나의 문제가 또 다른 문제를 낳고 그 모든 문제들이 얽히고설켜 있어 해결책을 찾기가 불가능해 보인다.

핍박을 핍박으로 맞선다면 결코 억압은 사라지지 않을 것이며, 전쟁을 전쟁으로 맞선다면 다툼은 끝이 없을 것이다. 세계의 모든 종교 경전은 이 점을 명시하고 있다. 인류 공통의 천성을 제대로 인식할 때 우리는 갈등을 야기하는 좁은 시각을 뛰어넘을 수 있다. 사람의 마음 속에 숨겨진 신성을 자각해야만 영원한 평화와 화합을 위한 기초를 세울 수 있다.

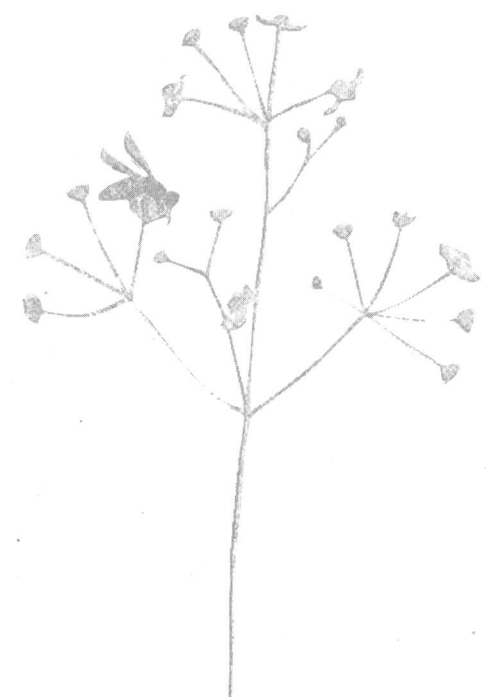

너희 원수를 사랑하며 너희를 미워하는 자를 선대하며.

··· 기독교

사람들이 우리를 선대하면 우리도 그들을 선대하고 사람들이 우리를 핍박하면 우리도 그들을 핍박할 것이라고 말하지 말라. 단지 사람들이 당신에게 선을 베풀면 당신도 그들에게 선을 베풀고, 사람들이 당신을 핍박해도 당신은 그들을 핍박하지 않을 것이라고 결심하라.

··· 이슬람교

"악의를 선의로 갚으라'는 말을 어떻게 생각하십니까?'라고 묻자 공자께서는 "그렇다면 선의는 무엇으로 갚겠는가? 선의는 선의로 갚고 악의는 정의로 갚으라"고 대답하셨다.

··· 유교

네 원수가 배고파하거든 식물을 먹이고 목말라하거든 물을 마시우라.

··· 유대교

베풀 줄 모르는 사람은 선물로 다스리고 부정직한 사람은 정직함으로 잠재우며 화난 사람은 온유함으로 다루고 악한 사람은 선으로 이겨라.

··· 힌두교

용서로 분노를, 정직함으로 속임수를 잠재우라.

··· 자이나교

돈보다 지혜가 더 값지다
Wisdom Is More Precious Than Riches

　지혜는 애매모호한 정신적 속성이 아니다. 체념이나 초연함과 같은 감정도 아니다. 지혜는 경험과 깨달음의 조화이고 모든 일을 역동적으로 할 수 있게 만드는 힘이다. 그것은 감성적 능력이고 정신적 명료함이며 직관적인 힘이다.

　지혜는 과거의 경험을 분명하고 단호하게 반성하여 다가올 불운을 최소화하기도 하고 때로는 아예 피할 수 있게 도와 준다. 지혜는 또 현재 일어나고 있는 일들의 핵심을 꿰뚫어 보고 미래를 내다볼 수 있게 해 준다.

　한마디로 말하자면 지혜는 자각의 상태라고 할 수 있다. 자신의 의식이 무한한 존재와 닿아 있음을 깨닫는 순간 지혜가 싹튼다. 그때 우리는 신의 빛 속에서 살게 되고 하고자 하는 모든 일을 성공적으로 완수하게 된다.

부는 물질적인 풍족함이 아니라 만족하는 마음에서 비롯된다.

··· 이슬람교

너희를 위하여 보물을 땅에 쌓아 두지 말라 거기는 좀과 동록이 해하며 도적이 구멍을 뚫고 도적질하느니라. 오직 너희를 위하여 보물을 하늘에 쌓아 두라 거기는 좀이나 동록이 해하지 못하며 도적이 구멍을 뚫지도 못하고 도적질도 못하니라.

··· 기독교

지혜를 얻는 것이 금을 얻는 것보다 얼마나 나은고
명철을 얻는 것이 은을 얻는 것보다 더욱 나으리라.

··· 유대교

사람이 모으는 진정한 보물은 자비심과 경건함이고, 절제와 자제심이다. 그러므로 보물은 안전하게 지켜질 수 있고 결코 사라지지 않을 것이다.

··· 불교

지식이야말로 사람이 살아가면서 남몰래 쌓을 수 있는 참된 보물이다. 배움이야말로 경외해야 할 것 중에서 가장 경외해야 할 것이다. 배움 하나만으로도 친구들과 친척들의 생활을 낫게 만들 수 있다. 지식은 성스러운 것 중에서 가장 성스러우며, 신들 중의 신이고, 세상의 왕들로부터 존경을 받는다. 지식이 없는 인간은 동물과 다름없다.

··· 힌두교

사람은 빵만으로 살 수 없다
Man Does Not Live by Bread Alone

　빵은 영적인 배고픔을 채워 줄 수 없다. 그러나 사람들은 대개 영적인 갈망을 인식하지 못한 채 살아가고 있다. 영혼의 양식에는 관심이 없고 오로지 세속적인 활동을 통해서만 삶의 의미와 만족감을 얻으려고 한다.

　삶이 우리에게 주는 축복은 오감이나 이성으로 느낄 수 있는 것보다 훨씬 더 풍성하다. 삶의 모든 영역은 신의 리듬에 맞춰 움직이고 있다. 모든 활동과 성공, 번영과 행복의 뿌리가 되는 것은 바로 우리 내면 깊은 곳에 있는 영적 존재이다. 이 영적 존재는 심지어 우리가 의식하지 못하는 순간에도 우리를 지켜 준다. 이것이야말로 우리 모두가 갈구하는 참된 양식이다.

　신은 서로 나누는 사랑의 관계 속에서 온전히 모습을 드러낸다. 다른 사람에게 베푸는 친절과 관심, 용서와 나눔, 피조물에 대한 신의 보살핌을 통해 우리는 삶의 영양분을 얻는다. 우리는 육신의 양식인 빵만으로 살아가는 것이 아니라 삶의 모든 영역을 창조하고 떠받치는 심오한 힘으로 살아가는 것이다.

사람이 떡으로만 살 것이 아니라 하였느니라.

··· 기독교

사람은 육신의 양식인 빵만으로 살 수 없다.

··· 힌두교

영적 지식을 너의 양식으로 삼아라.

··· 시크교

사람이 떡으로만 사는 것이 아니요 여호와의 입에서 나오는 모든 말씀으로 사는 줄을 너로 알게 하려 하심이니라.

… 유대교

선비는 무엇을 먹을 것인가를 고민하지 않고 어떻게 하면 진리 안에서 살 수 있는가를 고민한다.

… 유교

용서하는 자에게 복이 있다
Blessed to Forgive

어머니는 아이를 얼마나 자주 용서하는가? 예수님은 얼마나 많은 사람의 죄를 용서하셨는가? 부처님과 마호메트, 상카라, 그리고 많은 인류의 선각자들은 얼마나 자주 다른 사람의 잘못을 너그러운 미소로 용서하셨는가?

우리는 누구나 삶의 교훈을 배우는 과정에서 실수를 하게 마련이다. 어떤 상처라도 금방 아물게 하는 만병통치약처럼 용서는 사람을 순식간에 정화시키는 놀라운 능력이다. 용서하는 자세를 지닌 사람들은 세상 한가운데 견고한 평화의 요새를 세우고 있는 것이다.

용서하는 자세는 마음속에 사랑과 이해의 통로를 열어 준다. 몇년 동안 수많은 책과 법전과 종교적 가르침을 공부하더라도 어느 한순간의 용서만큼 지성과 감성을 고양시켜 주지는 못한다. 항상 다른 사람을 용서하는 마음으로 산다면 어느새 삶은 우리가 바라던 풍성한 열매로 가득 차 있을 것이다.

사람이 할 수 있는 가장 아름다운 행동은 남의 잘못을 용서하는 것이다.

… 유대교

그때에 베드로가 나아와 가로되 주여 형제가 내게 죄를 범하면 몇 번이나 용서하여 주리이까 일곱 번까지 하오리이까 예수께서 가라사대 네게 이르노니 일곱 번뿐 아니라 일흔 번씩 일곱 번이라도 할지니라.

… 기독교

용서하고 화평케 하는 자는 신에게 보답을 받을 것이다.

… 이슬람교

용서가 있는 곳에 신이 계신다.

··· 시크교

피해를 덕으로 보답하라.

··· 도교

증오심은 증오심으로 없앨 수 없다.
증오심은 사랑에 의해서만 사라질 수 있다.
이것은 영원한 진리다.

··· 불교

진실을 말하라
Speak Truth

삶의 어느 한 부분이라도 진실하지 못하면 다른 모든 것들이 물들게 된다. 우리 삶에서 거짓이 하나 둘 쌓이게 되면 나중에 우리가 이루고자 하는 모든 일에 나쁜 영향을 주게 되는 것이다. 낮에 회사에서 거짓말을 일삼던 사람이 저녁 때 집에 돌아와 가족들에게 온전히 진실할 수는 없을 것이다. 진실한 말은 사랑을 불러일으키며 내적 성장을 가져온다. 자기 자신을 위해서라도 우리는 삶의 모든 영역에서 진실한 자세를 보여야 한다.

그리고 정직하지 못한 사람은 모든 생명이 근본적으로 하나임을 모르는 것이다. 자신을 타인과 별개의 존재로 보고 다른 사람의 성공을 방해해야만 자신이 성공할 수 있다고 생각할 때 사람들은 거짓말을 하게 된다.

부정을 통해 얻은 이익은 아무리 좋은 것이라도 일시적일 뿐이다. 삶의 가장 근본적이고 중요한 목표인 영원하고 진정한 충족감을 속임수로 얻을 수는 없기 때문이다.

그런즉 거짓을 버리고 각각 그 이웃으로 더불어 참된 것을 말하라 이는 우리가 서로 지체가 됨이니라.

… 기독교

너희는 각기 이웃으로 더불어 진실을 말하며 너희 성문에서 진실하고 화평한 재판을 베풀고.

… 유대교

진실되게 말하고 남에게 유익한 말을 하고 거칠게 말하지 않는 그를 나는 바라문이라 부른다.

… 불교

거짓으로 진실을 가리지 말고 고의로 진실을 숨기지 말라.

… 이슬람교

진실을 말하라! 네게 맡겨진 의무를 다하라. 진실에서 벗어나지 말라.

… 힌두교

하나의 거짓말이 수천 가지 진실을 파괴할 수 있다.

… 아산티족 속담, 아프리카 격언

진실됨은 하늘의 도이며, 진실되기 위해 노력하는 것은 사람의 도이다. 진실한 자가 사람의 마음을 움직이지 못한 경우는 한 번도 없었으며, 진실하지 못한 자가 사람의 마음을 움직인 경우는 결코 없었다.

… 유교

종교적 믿음보다 행실이 더 중요하다
We Are Known by Our Deeds, Not by Our Religion

이 책이 처음 출간된 후에 이 믿음과 관련해서 다음 페이지에 인용된 경전의 말씀들을 가족의 장례식에서 낭독했다고 많은 분들이 말했다. 그들은 고인이 된 사랑하는 사람이 생전에 베풀었던 배려와 존경이 빚어낸 아름다운 결실들을 강조하고 싶었던 것이다.

다른 사람들에게 선행을 베풀 때, 비록 겉으로는 영적이거나 특정 종교의 신자인 것처럼 보이지 않는다 해도 그 사람이 지닌 내면의 영성이 분명히 드러난다.

내면의 삶은 행동을 통해 밖으로 드러나게 마련이다. 행동이야말로 진정한 자아를 비추는 거울이다. 어떤 사람이 영적으로 얼마나 성숙한지 알고 싶다면 어떻게 행동하는지 보면 된다.

신은 그 사람의 인종이 무엇인지 묻지 않는다. 다만 그가 어떤 일을 했는지 물을 뿐이다.

··· 시크교

하나님께서 각 사람에게 그 행한 대로 보응하시되.

··· 기독교

신은 결코 우리의 생김새나 재산을 보지 않으시며 다만 마음과 행위를 보신다.

··· 이슬람교

이 세상에서 한 시간 동안 선행하는 것이 다가올 세상에서 인생 전체보다 가치 있다.

··· 유대교

We Are Known by Our Deeds,
Not by Our Religion

말보다 행동을 통해 더 많은 것을 알 수 있다.

··· 어시니보인족, 아메리카 원주민

어떤 브라만도 태어날 때부터 브라만이 아니다.
어떤 천민도 태어날 때부터 천민이 아니다.
천민은 그 행동 때문에 천민이며
브라만은 그 행동 때문에 브라만인 것이다.

··· 불교

화를 참아라
Be Slow to Anger

중국어 '위기'는 '위험'과 '기회'를 상징하는 두 문자로 이루어진다. 위기 상황에서 맞닥뜨린 문제를 가장 잘 해결할 수 있는 방법은 침착하고 초연한 태도를 취하는 것이다. 그러면 '위험'을 '기회'로 바꿀 수 있고 성공을 가로막고 있는 장애물을 제거할 수 있다.

대부분의 사람은 바라던 것을 얻지 못하면 화를 낸다. 객관적이고 명료한 사고 능력이 절실한 바로 그 순간에 화가 치밀어 오른다. 하지만 그런 상황에서 화를 내는 것은 오히려 방해가 되며 심지어 안전을 위협할 수도 있다. 어떤 일에서든 성공을 거두고 영속적인 삶의 만족감을 얻으려면 되도록 순간적인 화를 멀리하고 잘 참아야 한다.

"사람에게 필요한 가장 중요한 자질 한 가지는 무엇인가"라는 질문에 마호메트는 "화내지 않는 것"이라고 답했다. 화는 본질적으로 사람과 사람, 집단과 집단 사이를 갈라 놓기 때문이다. 화는 모든 종교의 경전이 인간의 본래 품성을 지키라고 주장한다는 이 책과 정면으로 배치된다.

노하기를 더디 하는 자는 크게 명철하여도 마음이 조급한 자는 어리석음을 나타내느니라.

··· 유대교

화내지 않는 자는 신의 경지에 이른 것이다.

··· 힌두교

해가 지도록 분을 품지 말고.

··· 기독교

다른 사람을 넘어뜨리는 자는 결코 강한 자가 아니며 화를 참는 자가
진정으로 강한 자이다.

··· 이슬람교

분노를 멈추고 화난 표정을 삼가라.

··· 신도

질주하는 마차를 멈추듯 폭발하는 분노를 제압하는 자, 그가 진정한
마부이다. 그러나 그저 말고삐만 쥐고 있을 뿐 성난 말을 멈출 수 없
는 자는 마부라고 부를 수 없다.

··· 불교

경전의 글이 아니라 정신을 읽어라
Follow the Spirit of the Scriptures,
Not the Letter

국가와 문화가 다양하듯이 종교도 각기 독특한 특성을 지닌다. 그러나 이러한 특성들은 단지 표면적일 뿐이다. 문화와 국가의 차이를 넘어 그 중심으로 들어가 보면 보편적인 근본 원리가 있듯이 모든 종교에서도 보편적인 근본 원리를 발견할 수 있다.

그렇기 때문에 율법의 조문이나 교훈의 표면적 의미는 모든 종교와 문화가 공유하고 있는 보편적인 율법의 정신만큼 본질적인 것이 아니다.

저가 또 우리로 새 언약의 일군 되기에 만족케 하셨으니 의문으로 하지 아니하고 오직 영으로 함이니 의문은 죽이는 것이요 영은 살리는 것임이니라.

… 기독교

토라의 가르침을 잊어버리는 것보다는 차라리 율법의 조문을 없애버리는 게 낫다.

… 유대교

코란은 일곱 개의 다른 방언으로 전해졌고 문장마다 표면적 의미와 내면적 의미가 있다.

… 이슬람교

Follow the Spirit of the Scriptures,
Not the Letter

완전한 깨달음을 얻은 자는 말과 정신에서 모두 진리를 드러낸다.

··· 불교

말씀을 배우되 의심하지 말고
숨은 뜻이 무엇인지 살펴보아
그 이면의 뜻을 깨친 후에는
곡식에서 겨를 골라내듯 말씀을 던져 버려라.

··· 힌두교

학자들은 현자의 말을 너무 꼼꼼하게 살피지 말라.
현자는 말 자체보다는 그 말에 담을 뜻을 더 곰곰이 생각하느니라.

··· 수피교

어려서부터 지혜를 구하라
Start When Young to Seek Wisdom

부처님은 젊은 사람이 세상을 위해 공헌하고 싶어하는 것은 당연한 일이라고 말씀하셨다. 그러나 이어서 말씀하시길, 젊은 이는 남을 돕는 일에 관심을 두기 전에 먼저 내적 성장에 힘쓰라고 하셨다.

인격적 성숙에 대해 고민해 보지 않은 사람은 더 나은 세상을 만들기 위해 아무것도 할 수 없다. 내면의 힘과 지식이 충분히 자라지 않는 한 아무리 좋은 의도를 가지고 있다고 해도 큰일을 하기에 턱없이 부족할 뿐이다. 정신적, 감정적, 영적 잠재력을 최대한 발휘할 수 있을 때 비로소 물질적으로나 정신적으로 목표를 성취할 수 있게 된다.

이런 성과를 이룰 수 있는 열쇠는 바로 교육이다. 대개 교육은 인문학과 과학 분야에 대한 지식과 직업 훈련에 초점이 맞추어져 왔다. 그러나 온전한 인격 성장을 위해서는 그 외에도 두가지 측면이 더 필요하다. 세계의 여러 종교에서 집대성한 지혜에 대한 공부와 '초월 명상' 같은 깊은 명상과 기도가 바로 그것이다. 종교적 지혜를 공부함으로써 젊은이들은 포괄적이고 근본적인 영적 성장의 원리들을 배울 수 있으며, 명상과 기도를 통해 우주 만물의 근원적인 영적 에너지와 접촉할 수 있다.

어릴 때부터 이 세 가지 측면을 모두 고려한 교육을 받게 되면 우리 아이들이 성공과 행복을 얻고 조화로운 삶을 살아갈 수 있는 가능성은 그만큼 커지게 될 것이다.

내 아들아 어릴 때부터 훈계에 귀를 기울여라. 그리하면 늙을 때까지 지혜를 얻게 될 것이다.

··· 유대교

지식이 재산이라, 젊을 때 배운 것은 돌에 새겨진 글과 같다.

··· 힌두교

너희는 먼저 그의 나라와 의를 구하라 그리하면 이 모든 것을 너희에게 더하시리라.

··· 기독교

요람에서 무덤까지 지식을 추구하라.

··· 이슬람교

젊은 나이에 진리의 도를 공부하는 수도자는 마치 구름을 벗어난 달
처럼 이 세상을 밝게 비추리라.

··· 불교

어른을 공경하라
Honor the Elderly

　오늘날의 문화에서는 이 중요한 가르침이 그다지 존중되지 않고 있다. 대부분의 사람들은 경륜보다는 젊음을, 지혜보다는 아름다움을, 영원한 진리보다는 한 순간의 유행을 더 중요하게 생각한다. 유감스럽게도 우리는 그러한 가치관의 영향을 주변에서 너무 자주 목격하고 있다.

　노인들이 왕성하게 사회 활동을 하는 것이 자연의 순리는 아닐지 모르지만 그들은 아주 중요한 면에서 사회 발전에 기여하고 있다. 그들은 평생 동안 살면서 다양한 삶의 문제들에 대해 많은 지식을 쌓아 왔다. 뚜렷한 목표나 야망을 가진 사람이라면 당연히 경륜이 풍부한 어른들의 충고에 귀를 기울여야 한다.

　온 인류의 하나됨을 통해서만 획득할 수 있는 영원하고 진정한 행복을 지향하는 사회일수록 어른들을 받들어 존경한다. 저수지를 가득 채우고 있는 물처럼, 나이 든 사람은 지혜로 가득하다. 이 지혜의 우물에서 물이 넘쳐 흐르게 하려면 우리들 모두가 존경심이라는 송수관을 잘 관리해야 할 것이다.

항상 예절을 지키고 어른을 공경하는 이에게는 네 가지 복이 저절로 늘어 가나니 수명과 아름다움과 안락과 건강이다.

··· 불교

늙은 자에게는 지혜가 있고 장수하는 자에게는 명철이 있느니라.

··· 유대교

가족 중에 나이 든 사람이 있으면 공경심으로 그에 합당한 대접을 하라.

··· 유교

늙은이를 꾸짖지 말고 권하되 아비에게 하듯 하며.

··· 기독교

연장자가 말을 할 때는 침묵으로 경청하라.

··· 모호크족, 아메리카 원주민

어른을 공경하는 것은 하나님에게 경의를 표하는 것이다.

··· 이슬람교

어른이 없는 마을은 뿌리 없는 나무와 같다.

··· 나일 지방의 격언, 아프리카의 지혜

지혜로운 사람과 동행하라
Keep Company with the Wise

역사상 최고의 현자 중 한 사람인 공자는 이렇게 말했다. "지혜와 지식이 풍부한 분이 우리 마을을 방문한다는 소식을 들으면 나는 무슨 일이 있어도 그분을 만날 것이다." 마찬가지로 유대교 경전에도 "현자를 만나면 달려가서 그 집 문지방이라도 밟아라"라는 말이 있다.

이것은 우리 모두가 취해야 할 자세이다. 알 만큼 안다는 식의 유치한 자만심에 사로잡혀 있어서는 안 된다. 오히려 경륜과 통찰력과 지성을 갖춘 현자를 항상 찾아 나서야 한다.

자신이 하는 모든 일에서 성취감과 행복감을 얻을 수 있는 사람은 지혜롭다고 할 수 있을 것이다. 성공을 바라는가? 건강한 삶을 살고 싶은가? 인생 길에 놓인 덫을 피해 가고 싶은가? 그렇다면 지혜로운 사람들의 충고를 전심으로 받아들이고 겸손하게 배워라!

우리 시대의 진정한 '현자'는 누구인가? 이는 지침으로 삼을 만한 세상살이의 모범을 찾아 헤매는 젊은이들에게 매우 중요한 물음이다. 지혜로운 사람들은 각자의 소명에 따라 다양한 분야에서 활동하고 있다. 그들은 학교 선생님이나 종교 지도자일

수도 있고, 의사나 과학자 또는 작가나 사업가일 수도 있다. 어쩌면 너무 친숙해서 미처 깨닫지 못했지만 나름대로 자기 분야에서 지혜롭게 살아가는 우리의 친구나 부모 형제일 수도 있을 것이다.

지혜로운 자와 동행하면 지혜를 얻고 미련한 자와 사귀면 해를 받느니라.

··· 유대교

지혜로운 자와 동행하면 미련한 자도 지혜를 얻을 수 있다.

··· 힌두교

지혜와 경륜과 미덕과 사랑을 지닌 어른은 견고한 성벽과 같이 젊은 이를 보호해 준다.

··· 이슬람교

달이 별들의 행로를 따르듯이 선하고 현명한 자를 따르라.

··· 불교

어진 사람을 만나면 그와 같이 되고자 노력하며, 어질지 못한 사람을 보면 자신의 부족함을 반성하라.

… 유교

오로지 자신의 길만을 가던 자가 하나님을 만난 경우는 한 번도 없다.

… 시크교

신에 이르는 길은 여러 갈래이다
There Are Many Paths to God

신성은 문화나 종교에 따라 다양한 방식으로 드러난다. 그러나 이 책에서 시종일관 주장하듯이 영적 성장의 핵심은 보편적으로 동일하다.

진리는 변하지 않는다. 종교마다 다르다면 진리가 아니다. 사람들은 자신의 종교는 다르다고 생각할지 모르지만, 그 기원을 거슬러 오르면 하나의 공통적인 근원에 도달하게 될 것이다.

전 세계 종교인들의 일상생활에 영향을 미치는 모든 종교의 기본적인 가르침은 많은 부분에서 거의 동일하다. 종교적 이상을 추구하는 사람들은 문화적 전통이 다르다 해도 매우 유사한 윤리 의식과 도덕적 가치관을 공유하고 있다. 그들은 자신들이 걷고 있는 길이 마침내 하나의 궁극적인 진리에 대한 깨달음에 도달한다는 사실을 알게 될 것이다.

신에게 이르는 방법은 영혼의 수만큼 많고, 아담의 후손들이 내쉬는
호흡만큼 많다.

… 수피교

다른 신들을 믿음으로 경배하는 사람은
그 다양한 모습 뒤에 숨은 '나'를 숭배하는 것이다.
사람들 앞에 수많은 길이 놓여 있지만
그 모든 길은 결국 '나'에게로 이어진다.

… 힌두교

무릇 하나님의 영으로 인도함을 받는 그들은 곧 하나님의 아들이라.

… 기독교

공자께서 말씀하시되, "세상에는 여러 갈래의 길이 있지만 종착지는 같다."

··· 유교

모든 종교는 신에게 돌아가기 위한 디딤돌이다.

··· 포니족, 아메리카 원주민

구하라 그러면 얻을 것이다
Seek and Ye Shall Find

많은 현대인들은 자신에게 영적 성장을 이룰 만한 능력이 없다고 생각한다. 마음의 평화를 갈망하면서도 자신의 습관이나 삶의 방식 때문에 그렇게 높은 수준의 행복을 결코 경험하지 못할 것이라고 지레 포기해 버리는 것이다.

그러나 모든 종교 경전에서는 한결같이 영적인 삶을 통해서 축복을 받고 싶어 하는 순수한 열망만 있다면 그러한 노력이 결코 헛되지 않을 것이라고 분명히 약속하고 있다.

영성은 본질적으로 가까운 곳에 있다. 신은 항상 우리 가까이 계시기 때문에 조금만 노력하면 쉽게 발견할 수 있다. 분주한 세상 한가운데 있더라도 우리는 내면의 안식을 얻을 수 있다. 안식에 이르는 길은 열망을 마음에 품은 순간 이미 시작된 것이다.

구하라 그러면 너희에게 주실 것이요 찾으라 그러면 찾을 것이요 문을 두드리라 그러면 너희에게 열릴 것이니.

··· 기독교

그러나 네가 거기서 네 하나님 여호와를 구하게 되리니 만일 마음을 다하고 성품을 다하여 그를 구하면 만나리라.

··· 유대교

신의 안식을 갈망하는 자는 책에서 얻는 지식보다 더 많은 것을 얻으리라.

··· 힌두교

수백만 명이 신을 찾아 나서지만 결국 자신의 마음속에서 그분을 발견한다.

…시크교

복이 없을 것이라 생각하여 작은 선행이라도 가벼이 말라.
물방울 하나는 비록 작지만 모이고 모여서 큰 그릇 채우나니, 이 세상에 가득한 복도 작은 선이 쌓여 이루어진 것이다.

…불교

한 뼘 다가오면 나는 한 척 다가갈 것이며, 한 척 다가오면 나는 한 길 가까이 다가갈 것이다. 누구든 내게 걸어서 다가오면 나는 뛰어서 그에게 다가갈 것이다.

…이슬람교

자신과의 싸움에서 승리하라
Better to Rule the Spirit

다음에 나오는 경전들은 경제적인 이익이나 물질적 성공 때문에 자신의 품위를 잃지 말 것을 강조하고 있다. 세계의 경전들이 기록된 시대나 지금이나 부정한 방법으로 돈을 벌 수 있는 기회는 항상 널려 있다.

사람들은 성공을 위해서 다른 사람에게 피해를 주는 일을 서슴지 않는다. 절도와 부정을 일삼고 법과 제도를 곡해하며 사회 정의를 외면한다. 그러나 이렇게 거둔 성공은 피상적이고 일시적일 뿐이다. 내면의 안식과 행복은 희생되고 결국 성공 자체가 진정한 만족감을 얻는 데 걸림돌이 될 것이다.

힌두교의 경전 『히토파데사』에 좋은 경구가 있다. "누가 부정한 방법으로 쌓은 부에서 진정한 행복을 얻을 수 있는가? 부를 얻더라도 고통스럽고, 부를 잃으면 비참해질 뿐이다. 재물이 넘치는 곳에는 어리석음이 있다." 또 이슬람교의 경전 『하디스』에는 이런 글이 있다. "동전 열 개로 의복을 샀는데, 그 가운데 하나라도 불법으로 얻은 동전이 있다면 알라는 그 옷을 걸치고 있는 자의 기도에 응답하지 않으실 것이다." 그리고 『논어』에서는

"부정으로 얻은 부와 명예는 떠다니는 구름처럼 덧없다"라고 말하고 있다.

사랑과 영속적인 성공 그리고 영적 성장을 원한다면 이 가르침을 귀담아들어야 한다. 세상은 일시적인 이익에 눈멀게 만드는 유혹으로 가득 차 있다. 뭔가 미심쩍어 보이면 애초에 한 발이라도 내딛지 않도록 조심해야 하며 "한 번은 괜찮겠지"라는 생각을 버려야 한다. 우리는 그러한 행동은 너무 쉽게 정당화하면서도 영적인 길은 추구할 가치가 없다고 너무 쉽게 포기해 버린다.

사람이 만일 온 천하를 얻고도 제 목숨을 잃으면 무엇이 유익하리요.

··· 기독교

노하기를 더디 하는 자는 용사보다 낫고 마음을 다스리는 자는 성을
빼앗는 자보다 나으니라.

··· 유대교

싸움터에서 천 명의 적을 천 번 물리치는 자보다 자신을 이기는 자가
용감한 용사 중에 으뜸이니라.

··· 불교

가장 고귀한 성전은 자신과의 싸움에서 승리하는 것이다.

··· 이슬람교

남을 이기는 것은 힘 있는 자요, 자신을 이기는 것은 강한 자이다.

··· 도교

자신을 정복하기란 어렵다. 하지만 자신을 정복하는 자는 천하를 정복한 것이다.

··· 자이나교

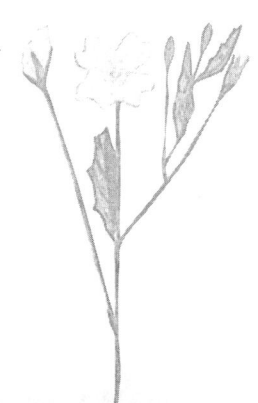

신은 용서하신다
God Is Forgiving

모든 종교의 위대한 스승들은 한결같이 타인에 대한 용서를 몸소 실천했으며 제자들에게도 항상 용서하는 자세를 기르라고 가르쳤다. 삶 자체로 용서라는 성스러운 품성의 모범을 보여 주신 것이다. 그분들은 모두 지혜와 덕의 근원인 신이 절대적인 용서자임을 설파하셨다.

자신이 저지른 잘못된 행동의 결과로 고통스러워 하는 사람들에게 이 가르침은 큰 위안이 될 것이다. 세계의 경전들은 자신의 행동을 책임져야 할 사람은 결국 자기 자신이며, 타인에게 잘못을 저지르면 틀림없이 자신에게도 고통이 따른다고 가르친다. 하지만 이와 동시에 우리가 잘못을 인정하고 다시 영적 각성의 길로 돌아올 때 신은 조건 없이 우리를 용서하신다고 말한다.

너희 하나님 여호와는 은혜로우시고 자비하신지라 너희가 그에게로 돌아오면 그 얼굴을 너희에게서 돌이키지 아니하시리라.

··· 유대교

온 세상을 뒤덮을 만큼 죄를 짓고 내게로 오는 자여! 나는 그대가 지은 죄만큼 큰 용서로 그대를 맞으리라.

··· 이슬람교

만일 우리가 우리 죄를 자백하면 저는 미쁘시고 의로우사 우리 죄를 사하시며 모든 불의에서 우리를 깨끗케 하실 것이요.

··· 기독교

아무리 큰 죄를 지어도
흔들리지 않는 믿음으로 내게 돌아온다면,
누구라도 성자요 바로 서게 될 것이니
영원한 평화를 얻으리라.
약속하건대 나를 믿는 자는 결코 멸망하지 않으리라.

… 힌두교

악행을 저질러도
나중에 참회하고 바로잡는다면
종국에는 반드시 행운을 얻고 교훈을 배워
재앙을 축복으로 변화시킬 수 있을 것이다.

… 도교

용서가 있는 곳에 신께서 계신다.

… 시크교

신께서 사랑하듯 서로 사랑하라
Be Loving, as God Is Loving to All

누가 세상에 대한 신의 섭리를 알 수 있을까? 인간의 좁은 시각으로 어떻게 다른 이의 행동을 평가할 수 있을까?

신은 밤이나 낮이나 모든 사람에게 사랑과 용서를 충만히 베푸신다. 심지어 세상에서 범죄자로 낙인찍힌 사람마저도 용서하신다. 세계의 모든 경전에서는 신이 모든 사람을 사랑하시며, 그분을 본받아 사랑과 용서를 실천하는 이들은 신의 축복을 받는다고 가르친다.

실제로 인간 사회에서 죄를 지은 사람을 징계하거나 처벌할 필요가 있다 하더라도, 사랑과 용서가 인간관계의 가장 숭고한 이상이라는 이해를 바탕으로 행해져야 할 것이다.

물이 선한 자와 악한 자를 차별함 없이 갈증을 풀어 주고 먼지와 더러움을 씻어내듯이 너 역시 친구와 적을 똑같은 사랑과 친절로 대하여야 한다.

··· 불교

이는 하나님이 그 해를 악인과 선인에게 비취게 하시며 비를 의로운 자와 불의한 자에게 내리우심이니라.

··· 기독교

하루 동안 내린 비는 죽은 자의 부활보다 더 중요하다. 왜냐하면 부활은 오직 정의로운 자만을 위한 것이요 악한 자에게는 해당되지 않지만, 비는 선한 자든 악한 자든 모두를 위해 내리기 때문이다.

··· 유대교

땅은 정직한 자와 부정한 자 모두를 품고 태양은 그들 모두를 비춘다. 바람은 정직한 자와 부정한 자에게 동등하게 불며 물 역시 그들 모두를 씻긴다.

··· 힌두교

지극한 선은 물과 같다. 물은 만물을 이롭게 할 뿐 다투지 아니한다.

··· 도교

비는 의로운 자와 의롭지 못한 자 모두에게 내린다.

··· 호피족, 아메리카 원주민

나의 종교는 많은 비를 내리는 구름과 같다. 계곡에 내린 비는 사람에게 이롭지만, 고지에 내린 비는 전혀 이롭지 않다.

··· 이슬람교

중용의 미덕
Moderation in All Things

정신과 육체를 과도하게 혹사하면 지치게 마련이다. 정신과 육체가 아무리 강하고 원상 회복이 뛰어나더라도 정기적인 휴식을 통해 축적된 피로와 스트레스를 풀어 주는 일은 꼭 필요하다. 성숙한 사람은 스스로의 경험을 통해, 또는 다른 사람이 겪는 과도한 혹사를 타산지석으로 삼아 자연스럽게 절제하는 습관을 갖게 된다. 하지만 젊은이들은 에너지가 끝없이 솟아오를 것이라는 착각 속에서 여러모로 지나친 행동을 하는 경향이 있다.

정신없이 바쁘게 돌아가는 오늘날의 세상에서 성공은 장시간의 힘든 노동과 동일시되고, 스트레스는 피할 수 없는 부작용으로 받아들여진다. 하지만 육체를 혹사하면 언젠가 그 대가를 치르게 되어 있다. 성공한 사람들이 젊은이들에게 흔히 하는 충고는 매사에 여유를 가지고 신체를 건강하게 유지하며 삶을 즐기라는 것이다.

남을 다스리고 자신을 닦음에 아낌이 없다. 이를 일러 뿌리 깊고 밑둥이 굳어 영원히 사는 도라고 한다.

··· 도교

지나침이 없게 하고, 해로운 일은 결코 하지 말라. 즐거움은 결코 지나친 것에 있지 않다.

··· 유교

음식을 먹는 것과 끊는 것,
잠을 자는 것과 깨어 있는 것
그리고 일과 휴식 사이에서 치우침이 없는 자는
안정과 평화와 기쁨을 얻으리라.

··· 힌두교

Moderation in All Things

너희 관용을 모든 사람에게 알게 하라 주께서 가까우시니라.

··· 기독교

중용의 도를 넘어서는 자는 그 육체와 정신을 망친다.

··· 신도

네가 행하는 모든 일에서 절제하라. 그것이 불가능하다면 노력이라도
하라.

··· 이슬람교

교만은 멸망으로 가는 지름길
Pride Goes Before a Fall

지나친 자만은 우리의 발전을 막아서고 행복을 얻을 수 없게 만들 수도 있다. 자만에 눈이 먼 사람은 매사를 깊이 생각하지 못할 뿐 아니라, 어떤 일을 시작하기 전에 다른 사람과 먼저 상의하려 하지 않는다. 또한 자만심은 우리의 의식을 마비시켜서 지혜와 생명과 충만의 근원인 신과 단절시킨다.

자신감은 삶의 한 구성 요소이며 성취감을 기꺼워하는 것 또한 매우 자연스러운 일이다. 그러나 지나친 자신감은 성공의 근원으로부터 인간을 소외시킨다. 자신의 성공을 스스로의 힘만으로 이룬 것처럼 생각하는 사람들이 있다. 하지만 매사를 처리함에 있어 혼자서 해결할 수 없는 위기 상황이 수없이 벌어진다. 그런 상황을 현명하게 극복하길 원한다면 신이 우리 앞에 성공으로 가는 길을 마련해 놓았음을 기억하고 항상 감사하라. 주위 사람들에게 호의를 잃지 말고, 법을 준수하며 신의 은총에 감사하라!

Pride Goes Before a Fall

교만은 패망의 선봉이요 거만한 마음은 넘어짐의 앞잡이니라.

… 유대교

자만은 손실을 가져오고 겸손은 이득을 가져오니 이것이 곧 하늘의 도이다. 자신을 따를 사람이 없다고 말하는 자는 망하게 된다.

… 유교

자만은 패배의 관문이다.

… 힌두교

서로 겸손으로 허리를 동이라 하나님이 교만한 자를 대적하시되 겸손
한 자들에게는 은혜를 주시느니라.

··· 기독교

하나님은 그들이 숨기는 것과 밖으로 나타내는 모든 것을 알고 계시
니 오만한 자들을 사랑하지 아니하신다.

··· 이슬람교

귀함은 천함을 뿌리로 삼고, 높음은 낮음을 터로 삼는다.

··· 도교

불멸하는 영혼
The Soul Is Eternal

몇 년 전에 한 친한 친구가 우리집에서 며칠간 머문 적이 있다. 그 친구는 매일 아침 일찍 일어나 해변을 산책했었는데, 산책을 마치고 돌아오면 대개 말이 조금 많아지곤 했다. 그런데 어느 날 아침은 평소와 달리 말이 없었고 기분이 가라앉아 보였다. 나중에 나는 그날 아침에 무슨 일이 있었는지 물어보았다.

"그날 아침도 평소처럼 해변을 산책하며 밀려오는 파도를 기분 좋게 바라보고 있었지. 그러다가 문득 파도는 결코 그침이 없다는 생각이 들었어. 수백만 년, 아니 수십억만 년 동안 파도는 그렇게 계속 해변으로 밀려왔겠지. 그리고 내가 죽은 다음 수십억 년이 흘러도 여전히 그렇게 변함없이 밀려오겠지. 물론 그전에도 알고는 있었지만 갑자기 그런 생각이 너무나 선명하게 다가왔어. 그리고 나는 위안을 느꼈지. 나도 어떤 식으로든 항상 대자연의 일부로 남아 있을 테니까."

그의 목소리는 점점 잦아들었다. 우리는 화제를 돌렸지만 나는 그때 분명히 무엇인가를 깨달았다. 우리는 잠시 말 없이 해변에서 불어오는 바람 소리에 귀를 기울였다. 그날 밤 친구와 나와 내 아내는 느지막이 잠자리에 들었지만, 다음날 아침 나는 그가 여느 때보다 일찍 산책에 나서는 소리를 들었다.

무한한 시간 속에서 인간의 삶이란 불꽃처럼 짧다. 그러나 세계의 경전들에 따르면 불꽃처럼 짧은 인간의 삶은 내세를 위한 준비 과정이다. 따라서 현세의 삶은 매우 중요하다.

죽는 순간 모든 것이 끝이라고 믿는 사람에게 현세의 삶은 무가치하고 제멋대로 살아도 좋을 것처럼 보일 수도 있다. 또한 사랑하는 사람을 잃었을 때 엄청난 슬픔을 느낄 것이다. 그러나 우리의 영적 자아가 사후에도 존재한다는 사실을 깨달으면 큰 위안을 얻고, 삶의 모든 순간이 소중한 의미를 지니게 된다.

도교에는 "태어남은 시작이 아니요 죽음은 끝이 아니다. 존재에는 한계가 없으니, 시작도 없고 끝도 없다"라는 가르침이 있다. 이러한 깨달음은 세계의 모든 종교를 하나로 잇고, 짧은 시간 동안 이 세상에 머무는 모든 사람들이 서로 하나가 될 수 있는 바탕이 될 것이다.

영혼은 본질적으로 영원하다.

··· 자이나교

성령을 위하여 심는 자는 성령으로부터 영생을 거두리라.

··· 기독교

나의 평생에 선하심과 인자하심이 정녕 나를 따르리니 내가 여호와의 집에 영원히 거하리로다.

··· 유대교

육신과 분리된 후에도 영혼은 계속 나아가서 마침내는 신 앞에 도달하리라.

··· 바하이교

영혼은 태어남도 죽음도 변화도 없는 것이니, 단지 그것이 거하는 집만이 죽은 듯 보일 뿐이다.

… 힌두교

무덤은 영원으로 가는 여행의 첫번째 정거장이다.

… 이슬람교

태초에

In the Beginning

모든 종교는 우주의 근원을 광대하고 강력한 어떤 힘으로 설명한다. 이 힘은 무한한 창조력과 역동성을 가지고 있으면서 동시에 한없는 평화와 고요함으로 가득 차 있다고 말한다. 또한 우주의 시초에 대해서는 대개 초월적 능력을 지닌 어떤 의식이 명상 상태에서 물질 세계를 창조했다고 전한다.

우주의 근원에 대한 이 같은 설명은 다름 아닌 신의 품성을 표현한 것이라고 말할 수 있다. 감히 인간이 이 광활한 우주를 감히 어떻게 상상이나 할 수 있었겠는가! 지구상에 존재하는 모든 종교는 상상조차 하기 어려운 엄청난 힘과 지능을 설명하려고 끊임없이 시도해 왔다. 시크교 경전에는 이런 글이 있다. "신에 대해 말할 때 결코 그 끝은 있을 수 없다. 수백만 명의 사람이 신에 대하여 수백만 가지로 말하였으나 어느 누구도 신을 완전히 묘사하지 못했다."

태초에 형언할 수 없는 어둠이 있었으니,

땅도 하늘도 없었고 오직 비할 데 없는 신의 질서만 있었다.

낮과 밤, 해와 달도 없었으니

신께서 공허 속에서 묵상하고 계셨다.

··· 시크교

태초에는 존재도 없었고 부재도 없었다.

하늘과 대기도 없었다.

죽음과 영생도 없었다.

낮과 밤 그리고 빛과 어둠도 없었다.

오직 그분만이 완전하고 고요하게 숨쉬고 계셨다.

··· 힌두교

태초에 하나님이 천지를 창조하시니라 땅이 혼돈하고 공허하며 흑암
이 깊음 위에 있고 하나님은 수면에 운행하시니라
하나님이 가라사대 빛이 있으라 하시매 빛이 있었고.

… 유대교

태초에 말씀이 계시니라 이 말씀이 하나님과 함께 계셨으니 이 말씀
은 곧 하나님이시니라 그가 태초에 하나님과 함께 계셨고 만물이 그
로 말미암아 지은 바 되었으니 지은 것이 하나도 그가 없이는 된 것이
없느니라.

… 기독교

무한하고 완전한 것이 하나 있었다. 그 하나는 천지보다 먼저 생겼다. 그 하나는 너무 고요해 들을 수 없고 너무 아득해 그 모습이 보이지 않는구나! 그 하나는 다른 것에 의지하지 않고 홀로 있어 바뀌지 않고, 미치지 않는 곳이 없으며 결코 고갈되지 않는다. 그 하나를 만물의 어머니라고 할 것이다.

… 도교

그분은 처음이자 마지막이며 현존해 계시되 나타나지 아니하시나 모든 것을 알고 계시니라. 그분은 하늘과 땅을 엿새 동안에 창조한 후 권좌에 오르셨도다.

… 이슬람교

신은 만물의 창조주
God Created All Things

인간의 이해력을 초월하는 어떤 힘이 수십억 개의 별들로 구성되어 있는 셀 수 없이 많은 거대한 은하계들을 창조했다. 또한 이 힘은 아무리 성능이 좋은 현미경을 사용해도 볼 수 없는 오묘한 미립자들도 창조했다. 막대한 지능을 지닌 이 힘은 우주 만물을 움직이면서 동시에 사랑과 헌신, 믿음과 기쁨 같은 인간의 미묘한 감정도 관장하고 있다.

사랑과 같은 감정은 우리가 살고 있는 이 물리적 우주의 어느 곳에 존재하는가? 기억이라는 것은 어디에 있는 것일까? 기쁨과 슬픔 그리고 갈망의 감정은 또 어디에 있는가? 분명 이런 무형의 것들은 인간이 만들어 낼 수 없는 차원에 속하며 볼 수 없는 공간 안에 있다. 인간을 만드신 신이 이 모든 것을 창조하셨다.

통제하고 지배하려는 욕망에 사로잡힌 인간은 신의 능력을 모방하려 애쓰지만 결코 신의 경지에 도달할 수 없다. 이슬람 경전 『하디스』에 다음과 같은 글이 쓰인 이유가 무엇이겠는가? "사람에게 티끌 하나를 만들어 보게 하라. 또 보리 이삭 한 알을 지어 보게 하라."

집마다 지은 이가 있으니 만물을 지으신 이는 하나님이시라.

··· 기독교

이 우주는 주님으로부터 나왔으며 그분 안에 있다. 그분은 창조의 근원이시다.

··· 힌두교

하늘에서 만물이 생겨났다.

··· 유교

여호와께서 그 권능으로 땅을 지으셨고 그 지혜로 세계를 세우셨고 그 명철로 하늘들을 펴셨으며.

··· 유대교

천지를 창조하시고 어둠과 빛을 주신 하나님을 찬미하라! 그분께서
너희들을 창조하셨다.

··· 이슬람교

신은 영원한 진리이시며 진실한 주님이시다. 세상을 창조하신 신은
영원히 존재하신다. 보라! 모든 피조물 속에 그 위대함이 깃들여 있느
니라.

··· 시크교

신을 볼 수 없지만 우리가 보는 모든 것은 신의 피조물이다.

··· 에티오피아, 아프리카 격언

인간은 신을 알 수 없다
God Is Beyond Comprehension

인간이 자연을 아무리 깊이 연구한다 할지라도 무한히 복잡하고 오묘한 자연의 질서를 완전히 이해할 수는 없을 것이다. 우리는 광대한 자연의 아주 작은 부분이라도 이해해 보려고 애쓰지만, 우리의 지식이 확장될수록 자연은 더 넓은 미지의 세계를 우리 앞에 펼쳐 보인다. 인간의 지성과 감각은 결코 깊고 광활한 우주를 꿰뚫어 볼 수 없다.

나는 우주의 신비를 생각할 때마다 고대 인도 경전의 하나인 『우파니샤드』에 나오는 일화를 떠올린다. 한 스승이 젊은 제자에게 신의 초월성에 대한 깨달음을 가르치고 싶었다. 그래서 어느 날 그 제자에게 반얀나무(벵골보리수)의 씨를 까보라고 했다. 완전히 자란 반얀나무는 거대하고 가지가 사방으로 뻗어 있어 장엄한 느낌을 준다. 제자는 스승의 말씀대로 그 씨를 까서 속을 열어 보았다. "무엇이 보이느냐?" 스승이 묻자 제자는 "아무것도 보이지 않습니다. 속이 비어 있습니다"라고 대답했다. 그러자 스승이 이르기를 "이제 너는 신의 위대한 조화를 깨닫기에 이르렀다. 아무것도 들어 있지 않은 이 작은 씨에서 거대한 반얀나무가 자라듯이 말없이 존재하는 신으로부터 우주 만물이 생겨났다. 우리는 어떻게 이런 일이 일어나는 것인지 알 수 없다.
다만 이를 감사하고 경탄할 뿐이다."

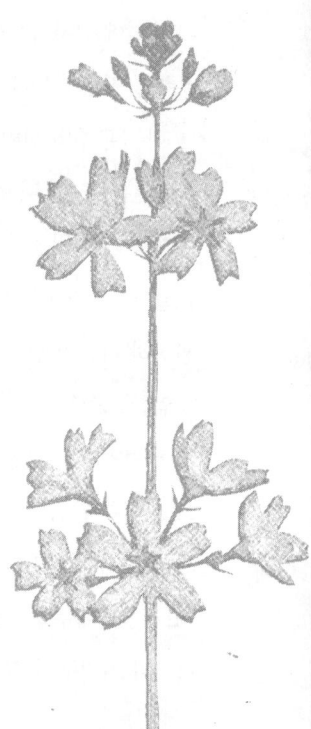

하나님이 기이하게 음성을 울리시며 우리의 헤아릴 수 없는 큰 일을 행하시느니라.

··· 유대교

깊도다 하나님의 지혜와 지식의 부요함이여, 그의 판단은 측량치 못할 것이며 그의 길은 찾지 못할 것이로다.

··· 기독교

신은 진실로 모든 생각과 개념과 추측과 상상을 초월하시니 우리가 말하고 듣고 책에서 본 모든 것을 넘어서신다.

··· 수피교

도는 얼마나 순수하고 고요한가!
깊고 깊어 가늠할 길이 없도다!

··· 도교

지상에 있는 모든 나무가 연필이 되고 일곱 개의 바다를 더하여 물로
가득찬 바다가 잉크가 된다 하더라도 하나님 말씀 모두를 기록할 수
없나니 실로 하나님은 권능과 지혜로 충만하심이라.

··· 이슬람교

바람으로 하여금 땅을 종이로 삼고 숲을 펜으로 삼아 기록하게 하여
도 무한한 존재이신 신에 대해 온전히 쓸 수가 없느니라.

··· 시크교

만족하라
Be Content

이슬람교의 경전 중 하나인 『하디스』에는 이런 구절이 있다. "진정한 부는 재산을 쌓는 데 있는 것이 아니라 자기 만족에 있다." 이 글은 모든 종교의 가르침을 잘 요약하고 있다.

소박한 삶에 감사하는 마음을 갖기란 쉽지 않다. 우리는 항상 이런저런 것이 필요하며, 원하는 것을 얻으려면 엄청난 노력을 기울여야 한다고 생각한다. 하지만 과거의 역사를 돌아보면 부와 재물이 반드시 사람을 행복하게 만드는 것은 아니었다.

자신의 삶에 만족한다는 것은 게으름이나 세상에 대한 무관심과는 다른 것이다. 진정한 의미의 만족감이란 성공이나 실패 속에서도 마음의 평온을 유지할 수 있는 내면의 깨달음을 말하는 것이다.

내가 너희에게 이르노니 목숨을 위하여 무엇을 먹을까 무엇을 마실까 몸을 위하여 무엇을 입을까 염려하지 말라 목숨이 음식보다 중하지 아니하며 몸이 의복보다 중하지 아니하냐 공중의 새를 보라 심지도 않고 거두지도 않고 창고에 모아 들이지도 아니하되 너희 천부께서 기르시나니.

··· 기독교

신께서 모든 이에게 일용할 양식을 주시는데 너희가 어찌 두려워하느냐.

··· 시크교

만족감이 가장 귀한 재산이다.

··· 불교

마음의 화평은 육신의 생명이나 시기는 뼈의 썩음이니라.

··· 유대교

만족은 행복의 뿌리이며 불만은 불행의 뿌리다.

··· 힌두교

조금이라도 불안감에 굴복하면 그것은 본연의 마음에서 멀어지는 길이다.

··· 신도

선을 추구하라
Seek the Good of the World

아름답고 부드러운 장미의 꽃잎을 찬미하는 사람은 있어도 날카로운 가시를 좋아하는 사람은 없을 것이다. 오렌지를 먹을 때에도 우리는 쓰고 딱딱한 껍질을 벗겨 내고 그 속에 들어 있는 달콤한 과즙만 음미한다. 인생도 그와 같다.

지혜는 악한 세상 속에서 선을 볼 줄 아는 능력에서 비롯된다. 모든 것에서 선을 찾아내는 습관을 키운다면 우리는 마음의 평화 속에서 행복하게 살아갈 수 있다. 세상의 나쁜 면만 보고 좋은 면은 놓치며 사는 사람들에게 세상은 매우 암울한 곳이다.

선이란 가장 완벽한 신성의 표현인 것이다. 선을 잘 찾아낼 줄 아는 능력은 우리 자신뿐 아니라 다른 사람에게도 선을 키워 나가는 자양분이 된다. 개인이나 나라 또는 종교 안에서 항상 선을 추구한다면 그중에서 가장 좋은 측면을 더욱 발전시키고 완성시킬 수 있는 기회를 가질 수 있다.

개미가 소금 속에서 설탕 알갱이를 찾아내듯이 너희도 악에서 선을 찾아내야 한다.

… 힌두교

세 사람이 같이 길을 가면 그중에 반드시 나의 스승이 될 만한 사람이 있다. 그들의 좋은 점을 골라서 따르고 나쁜 점은 살펴서 스스로 고쳐야 한다.

… 유교

네 주위에 흰 것을 모두 지키고 검은 것을 기억하라.

… 도교

눈은 부정한 것을 보아도 마음은 부정한 것을 보지 말라. 귀는 부정한 것을 들어도 마음은 부정한 것을 듣지 말라.

··· 신도

무엇에든지 참되며 무엇에든지 경건하며 무엇에든지 옳으며 무엇에든지 정결하며 무엇에든지 사랑할 만하며 무엇에든지 칭찬할 만하며 무슨 덕이 있든지 무슨 기림이 있든지 이것들을 생각하라.

··· 기독교

부드럽게 말하라
Speak Gently

말 한마디가 영혼을 새롭게 할 수 있다. 반대로 부주의한 말한마디가 남에게 평생의 상처를 남길 수도 있다. 말이란 매우 피상적이고 정제되지 않은 의사소통 수단에 불과하다. 어느 순간에도 자신의 생각과 욕구를 말로 온전히 표현한다는 것은 불가능하기 때문이다. 그런 까닭에 늘 부드럽고 사려 깊게 말하는 것이 최선이다. 아무리 진실이라고 해도 부드럽게 말하지 않으면 듣는 사람의 마음에 상처를 줄 수 있다.

타인에 대한 너그러움과 배려는 영적으로 성숙한 사람의 특징이다. 사람들이 자신에게 부드럽게 말해 주길 원하고 자신이 어려울 때 이해해 주길 바란다면, 자신 역시 남들에게 그렇게 해야 할 것이다.

남이 듣기 싫어 하는 거친 말을 하지 말라. 그리하면 남도 그렇게 네게 답할 것이니라.

··· 불교

너희 말을 항상 은혜 가운데서 소금으로 고르게 함같이 하라 그리하면 각 사람에게 마땅히 대답할 것을 알리라.

··· 기독교

불쾌한 말은 한마디라도 하지 말라. 주님은 모든 사람 속에 계시기 때문이다. 어떤 이의 마음도 괴롭히지 말라. 사람의 마음은 값을 매길 수 없는 보석이기 때문이다.

··· 시크교

거친 말은 독화살보다 더 큰 상처를 입힌다.

···나일 지방 격언, 아프리카의 지혜

화를 부르지 않는 말, 늘 진실하고 부드러우며 기쁨을 주는 말이야말로 참된 종교적 말씀의 특징이다.

··· 힌두교

걸을 때는 겸손하고 너의 목소리를 낮추어라.

··· 이슬람교

성난 말 한마디는 칼침과 같다.

··· 호피족, 아메리카 원주민

경우에 합당한 말은 아로새긴 은쟁반에 금사과니라.

··· 유대교

남의 결점을 찾지 말라
Do Not Look for Faults in Others

다른 사람들의 결점에 지나치게 민감한 사람은 삶의 겉모습에 관심을 둔 나머지 깊고 의미 있는 부분들을 지나치고 있는 것이다. 사람은 일생 동안 진실과 정의를 향해 나아가야 하지만 그 과정에서 결점을 가질 수도 있고 실수를 저지를 수도 있다.

다른 사람에게 짜증 내고 눈에 남의 결점만 보일 때는 자기를 돌아보고 왜 남의 결점만 찾으려 하는지 반성해야 한다. 성격의 차이는 항상 존재하지만 모든 사람은 본질적으로 하나이다. 이를 깨닫는다면 모든 사람 속에 감춰진 내면의 아름다움이 눈에 들어올 것이다.

유교 경전에 이 가르침이 아름답게 표현되어 있다. "만물과 공감할 수 있는 인간의 본성 안에 거하라. 모든 이를 사랑하라. 이기적인 생각을 버려라. 이것이 자비와 정의의 근본이다."

사람의 병은 자기 밭을 내버려 두고 남의 밭에서 김매며, 남에게 요구하는 것은 엄중하고 자신의 책임은 가볍게 생각하는 것이다.

… 유교

자신의 결점을 보는 사람은 남의 결점을 볼 시간이 없다.

… 이슬람교

남의 결점을 찾기에 앞서 너 자신의 결점을 살피라.

… 신도

남을 판단하는 것으로 네가 너를 정죄함이니 판단하는 네가 같은 일을 행함이니라.

… 기독교

어찌 너 자신의 결점은 잊어버리고 다른 이의 결점을 찾는 데만 급급한가.

··· 바하이교

자신의 부덕함을 모르고 남의 잘못만 고치려 드는 것은 도리에 맞지 않는다.

··· 도교

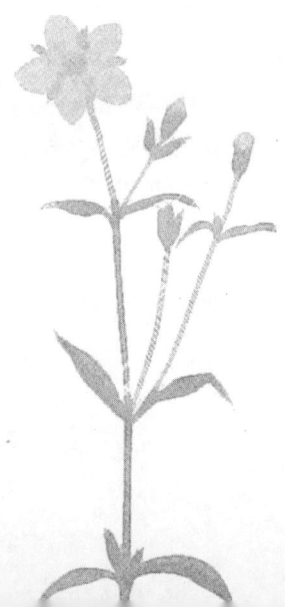

나눔의 축복
The Blessing of Charity

성숙하고 책임감 있는 사람이라면 누구든 다른 사람이 겪고 있는 고통에 대해서 동정심을 느낄 것이다. 텔레비전과 라디오, 신문 등을 통해 전 세계에서 일어나는 사건들을 접하면서 우리는 거듭 나라와 나라, 사람과 사람 간의 심각한 물질적인 불균형을 뼈저리게 느끼게 된다.

갈수록 불균형이 심화되고 있는 오늘날, "무엇보다도 열심으로 서로 사랑할지니 사랑은 허다한 죄를 덮느니라"라는 기독교의 가르침을 실천하는 일은 그 어느 때보다도 절박하다.

지구상의 많은 가난한 나라들은 선진국들이 보유한 기술과 농업 기계, 의약품 등을 나누어 달라고 강력하게 요구하고 있다. 넓은 시야로 보면 선을 베푸는 일은 단순히 기부금을 내는 차원을 넘어선다.

빈곤으로 고통받고 있는 전 세계의 사람들에게 다양한 분야에서 지원이 제공되지 않는다면 부의 불균형은 현대 문명 자체를 위협할 만큼 심각한 사태로 치달을 수 있다. 나눔의 축복을 지속적으로 실천해 나가는 것은 비록 험난한 길처럼 보일지라도 절대적으로 필요한 일이다. 나눔의 실천이 없다면 개개인의 삶은 점점 생기를 잃어가고 감정은 점점 메말라 갈 것이다. 또한 자국 이기주의가 팽배해서 결국 세계 전체가 불안정해지고 말 것이다.

네게 구하는 자에게 주며 네게 꾸고자 하는 자에게 거절하지 말라.

··· 기독교

선지자가 이르되 "아낌없이 자비를 베풀어라. 그러지 아니하면 알라
께서 네 것을 빼앗아 갈 것이니라."

··· 이슬람교

가난한 자를 불쌍히 여기는 것은 여호와께 꾸이는 것이니 그 선행을
갚아 주시리라.

··· 유대교

꽉 찬 단지는 흘러넘칠 뿐 주워 담지 않으니 너희도 이처럼 조건 없이 베풀어야 할 것이다.

··· 불교

그에게 다가와 먹을 것을 구걸하는 힘없는 거지에게 가진 것을 나누어 주는 자에게는 재물이 넘칠 것이다.

··· 힌두교

어진 것은 하늘의 높은 벼슬이며 사람의 편안한 집이다.

··· 유교

남을 대접하라
The Blessing of Hospitality

기독교의 『신약성경』에서는 "서로 대접하기를 원망 없이 하라"라고 가르친다. 또 이슬람교의 『하디스』에는 "예절을 다하여 손님을 맞으라"라는 구절이 있고, 힌두교의 『베다』 전통에 따르면 "손님이 곧 신이다"라는 가르침이 있다.

집을 떠나 멀리 여행할 때 친절과 도움의 손길이 간절했던 적이 몇 번인가? 또한 단순한 친절이 우리의 짐을 덜어 주었던 경우가 얼마나 많은가? 친절하고 사려 깊은 사람은 어려운 사람들을 못 본 채 지나쳐 버리지 않는다. 우리 주위를 둘러 보면 도움을 요청하지는 않아도 누군가의 도움을 간절히 기다리고 있는 사람들이 많이 있다.

영적 성장을 위한 방법으로 여러 종교에서 실천해 온 접대의 미덕은 모든 종교의 핵심적인 가르침 가운데 하나이다. 따지고 보면 이 세상에서 우리는 누구나 나그네이다. 다른 사람들의 짐을 가볍게 하면 할수록 우리가 걷는 길은 더욱 평탄해질 것이다.

너는 이방 나그네를 압제하지 말며 그들을 학대하지 말라 너희도 애
굽 땅에서 나그네이었었음이니라.

··· 유대교

비록 적이라도 네 집에 들어오면 마땅히 환대해야 한다.

··· 힌두교

걸어서 가든 말을 타고 가든 친구의 집을 방문하는 전통은 지켜져야
한다. 비록 적이라 할지라도 친절을 베푸는 행위는 좋은 일이다. 친절
을 통해 적들은 친구가 될 수 있기 때문이다.

··· 이슬람교

형제 사랑하기를 계속하고 손님 대접하기를 잊지 말라 이로써 부지중
에 천사들을 대접한 이들이 있었느니라.

… 기독교

이 세상 어디에도 이방인은 존재하지 않는다.

… 신도

대가를 바라지 말고 주어라
Give Without Thought of Reward

어머니는 아무런 조건 없이 자녀에게 모든 것을 내준다. 아무런 대가를 바라지 않고 베푸는 어머니의 사랑은 자녀가 건강하게 성장할 수 있는 힘이 된다. 마찬가지로 모든 종교의 창시자들은 아무런 대가를 바라지 않고 끝없이 자신을 희생했다. 그분들은 예외 없이 베푸는 삶의 모범과 기준을 우리에게 제시해 주었다.

사심 없이 순수한 마음으로 베푸는 행위를 통해 우리의 마음은 깊이 정화된다. 자기가 가진 것을 자발적으로 남들과 나누는 사람들은 삶에서 큰 보람을 느낄 수 있다. 그들은 매 순간마다 삶의 가치를 깨닫게 되고 세상의 사소한 시비를 초월할 수 있을 것이다. 이로써 모든 사람이 신성을 발현하는 높은 이상을 실현하게 될 것이다.

아무 대가도 바라지 않고 진심으로 주는 선물은 순수하다.

··· 힌두교

너희가 자선을 공개하는 것도 좋으나 남몰래 가난한 사람들에게 베푸는 자선이 더 나으니라. 이는 너희의 죄를 속죄하여 주나니 하나님은 너희가 행하는 모든 것을 알고 계시니라.

··· 이슬람교

사람에게 보이려고 그들 앞에서 너희 의를 행치 않도록 주의하라 그렇지 아니하면 하늘에 계신 너희 아버지께 상을 얻지 못하느니라.

··· 기독교

진실한 자선은 남이 모르게 실천해야 한다. 주는 이가 받는 이를 모르고, 받는 이가 주는 이를 모를 때 그것이 가장 좋은 자선 행위이다.

··· 유대교

대가를 바라지 말고 도움을 주어라. 베풀되 후회하거나 아까워하지 말라. 이것을 실천하는 자는 선하다.

··· 도교

주어라! 다시 얻을 것이다
Give and You Shall Receive Again

이 가르침은 바로 앞 장의 "대가를 바라지 말고 주어라"라는 가르침과 모순되는 것처럼 들릴 수도 있다. 그러나 세계의 경전들은 종종 서로 반대되는 것처럼 보이는 가르침을 준다. 그 이유는 모든 상황에서 모든 사람에게 공통적으로 적용되는 단 하나의 가르침이란 있을 수 없기 때문이다. 하나의 음식이 모든 사람에게 유익할 수 없는 것과 마찬가지로 한 가지 조언이 모든 사람에게 예외 없이 적용될 수는 없다.

한 경전 안에서 서로 모순된 것처럼 보이는 가르침과 마주치게 되면, 그 순간 자신에게 직접적으로 해당되는 가르침만을 마음에 새기면 된다. 자신이 공감하는 말씀을 기억하고, 그 순간에 적절하지 않은 가르침은 잊어도 좋다.

이번 장의 가르침은 지금 자신이 행한 자선이 나중에 실질적인 보상을 가져다 줄 것이라는 믿음을 필요로 하는 사람들에게 도움이 될 것이다. 그 보상은 반드시 돈이 아닐 수도 있다. 행복감, 기대하지 않았던 격려, 사랑, 건강 등과 같이 무형의 형태로 올 수도 있다.

주라 그리하면 너희에게 줄 것이니…… 너희의 헤아리는 그 헤아림
으로 너희도 헤아림을 도로 받을 것이니라.

··· 기독교

너는 네 식물을 물 위에 던지라 여러 날 후에 도로 찾으리라.

··· 유대교

자선을 베푸는 남녀에게 그리고 하나님을 위해 재산을 바치는 자들에
게는 두 배의 보상이 더하여지리니 그들은 훌륭한 보상을 받으리라.

··· 이슬람교

얻으려면 반드시 먼저 주어야 한다. 이것을 일러 미명微明이라 한다.

… 도교

주어라, 그리하면 네 재산이 불어날 것이다. 주어라, 그리하면 네 재산은 더욱 안전하게 지켜질 것이다.

… 힌두교

네게서 나간 것은 반드시 네게로 돌아오느니라.

… 유교

부를 창조하라
The Goodness of Wealth

신이 우리에게 주시는 재화는 한이 없다. 이 세상의 재화가 유한하다면 사람들은 이미 존재하는 재화를 차지하기 위해 서로 치열하게 경쟁할 것이고, 경쟁심과 불안감이 사회 전반으로 퍼져나가게 될 것이다. 그러나 경쟁을 통해 얻은 성공은 결코 만족감이나 성취감을 줄 수 없다. 다른 사람을 희생시켜 얻은 성공에는 항상 그것을 잃어버리지 않을까 하는 걱정이 따르기 때문이다.

영적으로 각성한 사람들은 사회적 규범뿐만 아니라 세계의 모든 종교들이 공통적으로 가르치는 심오하고 근본적인 법칙에 따라 행동한다. 이와 같은 행동은 모든 사람의 내면에 충만한 거룩한 신성을 바깥 세계로 끌어낼 수 있다. 이와 같은 높은 수준의 사람들은 경쟁의 차원을 넘어서 창조적인 차원에서 일하고 살아갈 수 있다. 창조적인 삶에서는 결코 결핍이 있을 수 없으며, 모든 사람은 기존의 부를 뺏거나 나누지 않고 새로운 부를 창조할 수 있게 된다.

이렇게 새로운 부를 창조한 사람은 당연히 인도주의를 지지하게 된다. 이 세상에 결핍이 있을 수 없다는 깨달음을 얻으면 상실에 대한 두려움은 들어설 자리가 없다.

의인의 집에는 많은 보물이 있어도 악인의 소득은 고통이 되느니라.

··· 유대교

정당하게 번 재산은 축복이다. 정직하고 합법적인 방법으로 재산을 늘리려고 노력하는 자는 복을 받느니라.

··· 이슬람교

사람이 행한 모든 선행은 그 결실을 맺게 되나니, 자신의 행동이 낳는 결과를 벗어날 자는 아무도 없다. 부와 최상의 즐거움은 덕 있는 영혼이 받는 보상이다.

··· 자이나교

행실이 올바르며 멍에를 등에 지고 노력하는 자는 부를 얻을 것이
니라.

··· 불교

부정한 방법으로 얻은 부귀영화는 뜬구름과 같다.

··· 유교

신의는 부의 뿌리다.

··· 힌두교

지식은 성공의 근본
Knowledge Is the Basis for Success

지식에는 외적 지식과 내적 지식이 있다. 외적 지식은 세계의 물체나 사건들에 대한 기술적인 이해와 관련된 것이고, 내적 지식은 도덕적 성숙과 영적 성장에 관한 것이다. 인류가 진보하기 위해서는 이 두 가지 지식이 모두 필요하다. 하나라도 모자라면 개인뿐 아니라 사회 전체의 발전이 늦어질 것이다.

발명이나 사업, 미술과 문학 및 음악 분야에서 달성된 모든 위대한 업적도 처음에는 한 사람의 생각에서 시작되었다. 한 가지의 아이디어라도 표현하고 구체화하기 위해서는 전문지식이 필요하다. 한 세대가 다음 세대에게 선사할 수 있는 가장 큰 선물 중 하나가 바로 전문지식의 축적과 발전이다.

모든 발전의 바탕에는 위대한 종교들의 총체적인 지혜가 서려 있다. 사랑과 평화, 조화와 영적 동일성의 가치를 이해하는 것은 추상적인 의미에서가 아니라 매우 실질적인 방법으로 삶의 의미를 부여하며, 전문지식을 기반으로 한 발전이 활짝 꽃필 수 있는 기틀을 제공한다. 영적 가치를 상실한 세계에서는 아무리 위대한 외형적 성공도 무의미할 뿐이다. 그러나 개인의 영적 성장이 하나 둘 모여 힘을 발휘할 때 세계 전체가 진보하게 된다.

모든 것을 적당하게 하고 질서대로 하라.

··· 기독교

지식은 노력에 성공의 금관을 씌운다.

··· 불교

집은 지혜로 말미암아 건축되고 명철로 말미암아 견고히 되며 또 방들은 지식으로 말미암아 각종 귀하고 아름다운 보배로 채우게 되느니라.

··· 유대교

군자는 먼저 모든 일의 근본을 밝힌다. 근본을 알면 올바른 길이 열릴 것이다.

··· 유교

사람은 지식으로 덕을 쌓고 고귀한 자리에 오르며 세상의 군주들과 벗하게 되고 다음 세상에서 완전한 행복을 얻게 되느니라.

··· 이슬람교

인내는 성공의 열쇠
Perseverance Is the Key to Success

사람의 품성에서 인내심보다 더 귀한 성공의 열쇠는 없다. 이 말은 세속적인 성공을 좇든 내적인 영성을 키우든 똑같이 적용되는 진리다. 처음에는 아무리 단순하고 간단해 보이는 일도 여러 단계를 거쳐 높은 수준에 오르면 복잡하고 어렵게 마련이다. 예술 창작, 과학 연구, 사업, 대인 관계, 나아가 영적인 활동에서도 마찬가지다. 따라서 어려서부터 어떤 일이든 끝까지 마무리하는 훈련이 필요하다. 아무리 어렵거나 복잡하더라도 끝까지 포기하지 않는 인내심을 길러야 한다. 그래야만 어떤 일을 하든 자신의 잠재력을 완전히 끌어낼 수 있다.

이 가르침은 세계의 경전을 공부하는 일이 실제적인 가치가 있다는 사실을 잘 보여 주고 있다. 인종과 문화에 상관없이 사람들은 영감이나 영적인 지침을 얻기 위해, 또한 일상생활에서 마주치는 구체적인 상황에서 실제적인 교훈을 얻기 위해 여러 위대한 경전에 눈을 돌렸던 것이다. 오늘날 세상은 위대한 영적 스승들이 살던 시대보다 훨씬 더 복잡한 것처럼 보이지만, 그분들이 남긴 말씀은 우리 모두가 현재 처한 상황에서도 똑같이 적절한 메시지를 던지고 있다.

든든히 기초를 다진 바위산이 아무리 사나운 비바람이 몰아쳐도 요동하지 않고 자기 자리를 굳게 지키듯, 한번 마음먹은 일에 끝까지 거하는 편이 낫느니라.

··· 불교

부지런한 자의 경영은 풍부함에 이를 것이나 조급한 자는 궁핍함에 이를 따름이니라.

··· 유대교

공자께서 말씀하시기를 "일을 서두르지 말며 작은 이익을 돌아보지 말아라. 서두르면 달성하지 못하고 작은 이익을 돌아보면 큰일을 이루지 못한다."

··· 유교

발걸음을 천천히 꾸준하게 하여 넘어지지 않도록 하라.

··· 신도

중도에 포기하지 말라. 정말로 값진 보화가 뒤따를 것이기 때문이다.
"이것 혹은 저것을 했더라면" 하고 스스로에게 말하면서 "만약"이란
말의 노예가 되지 않도록 조심하여라.

··· 이슬람교

사람들은 언제나 목표를 코앞에 두고 일을 그르친다.

··· 도교

운명은 스스로 개척하라
We Create Our Own Destiny

　　우리를 창조하신 신을 우리가 어찌 이해할 수 있겠는가! 성공과 실패는 눈에 보이지 않는 수많은 요소들에 의해 좌우된다. 하지만 우리에게는 자유의지가 있기 때문에 자신이 선택한 행동에 대해 궁극적으로 책임을 져야 한다.

　　선택의 순간에는 성급한 결정을 내리지 말고 지혜로운 조언을 구할 필요가 있다. 겉으로는 아름답게 빛나는 것도 깊이 들여다보면 피해를 주거나 심지어 파국으로 몰고 갈 수도 있다.

　　인생에서 바라는 소망을 이루고자 할 때, 위대한 종교의 가르침을 따르는 것은 큰 도움이 될 것이다. 그 가르침은 완벽하게 검증된 조언을 해주는 믿을 만한 안내자이다. 인생의 중요한 전환점에 이르렀을 때 예수님, 부처님, 공자 또는 모세에게 조언을 구하고 질문을 던지면 어떻겠는가? 이것은 결코 허황된 꿈이 아니다. 지금도 그분들은 우리와 함께 숨쉬고 있다. 그분들의 놀라운 삶의 지혜가 위대한 경전들에 고스란히 담겨 있기 때문이다.

인자가 아버지의 영광으로 그 천사들과 함께 오리니 그때에 각 사람
의 행한 대로 갚으리라.

··· 기독교

선과 악은 그 사람의 행위에 있느니라.

··· 불교

주여 인자함도 주께 속하였사오니 주께서 각 사람이 행한 대로 갚으
심이니이다.

··· 유대교

행복과 불행은 모두 스스로 만드는 것이다.

··· 유교

티끌만 한 선이라도 실천한 자는 그것이 복이 됨을 알 것이며 티끌만
한 악이라도 저지른 자는 그것이 악이 됨을 알리라.

··· 이슬람교

사람은 누구나 뿌린 대로 열매를 거두게 마련이다.

··· 힌두교

선한 행실을 기뻐하라
The Love of Good Works

영적인 깨달음을 얻은 사람들은 다른 사람에게 선행을 함으로써 내적인 만족감을 얻을 수 있다는 사실을 잘 안다. 선하게 행동하는 사람의 소박함과 진솔함은 다른 사람들뿐만 아니라 자신에게도 깊은 영향을 끼치게 된다.

선행을 통해 얻을 수 있는 내적인 열매를 즐기는 사람은 자신이 믿는 종교뿐만 아니라 모든 종교가 공유하는 보편적인 영혼의 법칙들을 수준 높게 이해하는 사람이다. 모든 경전은 지혜로 넘쳐 나며, 그 지혜는 사람들에게 놀라운 만족과 행복으로 가득한 고결한 삶의 길을 제시한다. 어떤 종교를 믿는지는 중요하지 않다. 다른 사람을 위하여 지고선至高善을 추구하는 사람은 자신 안에서 완벽한 충족감을 느끼게 될 것이다.

덕이 높은 자는 자신의 선한 행실을 보고 기뻐하며 즐거워한다.

··· 불교

언제나 진리와 공의와 선행과 순결 속에서 즐거움을 찾도록 하라.

··· 힌두교

의에 주리고 목마른 자는 복이 있나니 저희가 배부를 것임이요.

··· 기독교

공자께서 말씀하시기를 아는 사람은 좋아하는 사람만 못하고 좋아하는 사람은 즐기는 사람만 못하니라.

··· 유교

어떤 사람이 선지자에게 진실한 믿음을 구별할 수 있는 징표가 무엇인지 물었다. 선지자가 말하기를, "네가 행한 선을 기뻐하고 네가 저지른 악을 슬퍼한다면 참된 신자라 할 수 있다."

··· 이슬람교

복 있는 사람은 오직 여호와의 율법을 즐거워하여 그 율법을 주야로 묵상하는 자로다.

··· 유대교

신은 우리 마음속에 있다
God Is Found in the Heart

사람의 마음속에는 불멸의 존재가 살고 있다. 언제나 우리 안에 있는 이 고요한 존재는 우리 영혼의 중심에서 들려오는 잔잔한 음성이다. 또한 가장 힘겨운 순간에 우리를 인도하고 지탱해 주는 영혼의 안내자이다.

오늘날 세상을 살아가는 수많은 사람들은 이와 같은 내면의 고요한 존재를 알지 못한다. 사방을 둘러보아도 고요함을 찾을 수가 없다. 텔레비전이나 라디오 아나운서처럼 이런 고요함을 두려워한다. 그들은 잠시도 쉬지 않고 이야기한다. 질문을 하되 대답을 들으려고 하지 않으며 듣는 사람에게 생각할 틈을 주지 않는다.

이처럼 쉴 새 없이 이어지는 소란과 아우성에 파묻혀 고요함과 사색은 자취를 감추어 버렸다. 세상에는 성급한 사람들이 넘쳐 나서 사려 깊은 처신은 설 자리를 잃었다. 결국 인간관계는 갈수록 삐걱거리고 피곤해지며, 행복의 근간인 단순한 사색은 점점 우리와 멀어지고 삶은 무의미해졌다.

이를 극복하는 좋은 방법은 한적한 장소를 찾아서 조용히 기도하거나 깊은 묵상에 몰입하는 것이다. 그러면 행복은 아주 단순하고 기본적인 데 있다는 사실을 분명히 깨닫게 될 것이다.

　　세상에는 얽히고설킨 복잡한 문제들이 넘쳐 나서 개인적인 만족감을 얻는다는 것이 어렵게 느껴지지만 사실은 아주 간단하고 자연스러운 일이다. 신은 언제나 우리 곁에 있기 때문이다.

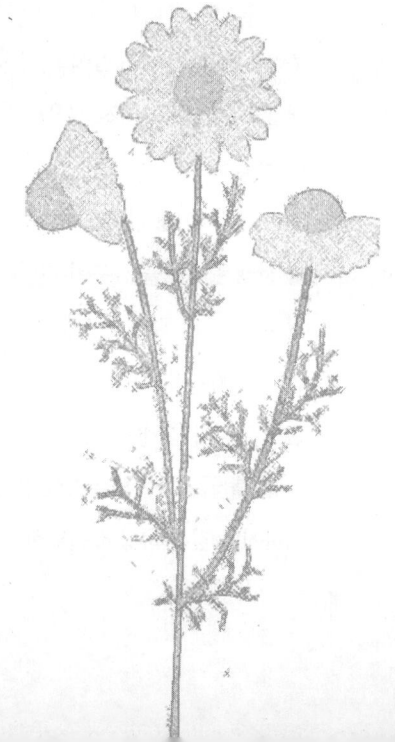

인간이 타락하지 않고 하늘에서 받은 그대로, 이 땅에 태어난 그대로
마음을 유지한다면 그것이 바로 신이다.

··· 신도

하나님은 모든 사람의 마음속에 깃드시며, 하나님의 빛은 모든 사람
의 마음속에 서려 있다.

··· 시크교

너희가 하나님의 성전인 것과 하나님의 성령이 너희 안에 거하시는
것을 알지 못하느뇨.

··· 기독교

신은 빛 중의 빛이며 우리의 무지에서 생긴 모든 어두움을 밝혀 주신다. 그분은 지식의 대상이며 지식 자체이다. 그분은 모든 사람의 마음속에 거하신다.

··· 힌두교

완전한 지식과 확신을 가지고 믿는 사람의 마음은 하나님의 옥좌와 같다.

··· 이슬람교

주여, 내 마음속에 영원히 거하소서!
지고한 존재, 신 중의 신 하나님이여!

··· 자이나교

인간은 계획하고 하나님이 이루신다
Man Proposes, God Disposes

테레사 수녀님은 이 책에서 여러 종교의 메시지를 비교해 놓은 것은 정말 높이 평가할 만하다고 말씀하셨다. 이렇게 여러 종교의 가르침을 비교해 보면 믿는 사람들 사이에 이해와 화합을 도모할 수 있어서 매우 가치 있고 중요하다고 하셨다. 면담이 끝나 갈 즈음 수녀님은 "이 책을 통해 하나님의 뜻이 이루어지기를 기도합니다"라고 말씀하셨다.

수녀님은 당신의 기도에 대해 이렇게 덧붙이셨다. "모든 일에는 하나님의 특별한 목적이 숨어 있습니다. 하지만 사람들의 개인적인 욕망과 이기심 때문에 하나님의 뜻이 왜곡되는 일이 종종 일어납니다." 수녀님께서는 사람들이 이 책의 메시지에 담긴 하나님의 뜻을 훼방하거나 곡해하지 않았으면 좋겠다고 기도해 주신 것이다.

수녀님의 말씀은 어떤 가치 있는 일을 진행하는 과정에서 하나님의 뜻을 올바로 따를 때 가장 큰 성공이 보장된다는 것이다. 우리의 개인적인 생각과 계획이나 활동이 어떤 일을 성공으로 이끄는 하나님의 섭리에 중요한 역할을 담당한다고 하지만, 하나님과 보조를 맞추어 일할 때에도 모든 일을 하나님의 뜻에 맡기는 자세가 매우 중요하다. 그렇게 함으로써 우리의 소망은 전능하신 하나님의 섭리에 따라 가장 완전하고 효과적으로 이루어질 수 있게 된다. 신의 섭리는 우리 인간이 지닌 이해력의 한계를 훨씬 뛰어넘기 때문이다.

하늘은 스스로 돕는 자를 돕는다. 인간은 계획하지만 오직 하나님만
이 이루신다.

··· 이슬람교

인간을 의지하는 것은 헛되다는 사실을 알라.
오직 하나님만이 우리가 원하는 것을 주실 수 있느니라.

··· 시크교

나는 심었고 아볼로는 물을 주었으되 오직 하나님은 자라나게 하셨
나니.

··· 기독교

인간의 재간이 아무리 뛰어나다 하더라도 하나님은 누가 이기고 누가
질지 알고 계신다.

··· 힌두교

신은 내일 일어날 일을 알고 계신다.

··· 부룬디, 아프리카의 지혜

사람이 마음으로 자기의 길을 계획할지라도 그 걸음을 인도하는 자는
여호와시니라.

··· 유대교

살인하지 말라
He Who Slays Anyone

    힌두교 경전인 『바가바드기타』에 모든 종교의 기본 사상이 잘 요약되어 있다. "사람이 자신 안에 존재하는 신성과 모든 사람 안에 존재하는 신성이 같다는 사실을 깨달으면 다른 사람을 해침으로써 스스로 해를 입지 않을 것이다." 모든 사람이 인간의 존재에 대한 이 심오한 진리를 이해하고 행동의 기준으로 삼을 때 온 세상은 천국으로 바뀌게 될 것이다.

    다른 사람을 해치거나 살인을 하는 사람은 이런 깨달음을 얻지 못한 자이다. 마음속 깊이 그와 같은 깨달음이 없는 사람은 아무리 교육하고 징계해도 결코 교화될 수 없다.

성경에 이르기를 누구든 한 사람의 생명이라도 빼앗는 사람은 온 세
상을 파멸시킨 것과 같으며, 한 사람의 생명이라도 구하는 사람은 누
구든지 온 세상을 구하는 것과 같으니라.

··· 유대교

한 사람을 살해하는 것은 모든 사람을 살해하는 것과 같고, 한 사람을
구제하는 것은 모든 사람을 구제하는 것과 같다.

··· 이슬람교

검을 가지는 자는 다 검으로 망하느니라.

··· 기독교

모든 사람은 벌을 두려워하고 죽음을 무서워한다. 모든 생명이 귀하기 때문이다. 자신도 이와 같음을 깨달아 남을 해치거나 죽이지 말라.

… 불교

모든 살아 있는 존재는 고통을 싫어한다. 그러므로 생명을 해치거나 죽이지 말라. 이것이 지혜의 핵심이니라.

… 자이나교

알고도 잘못을 저지르지 말라
Avoid Doing What You Know to Be Wrong

부모는 자녀들이 다치거나 해를 입지 않도록 항상 주의한다. 아이들은 자라면서 점차 선악을 분별할 줄 알게 되며, 성숙한 결정을 내릴 수 있게 될 것이다. 하지만 그렇게 되기까지는 지혜롭고 경험 많은 스승의 지도가 필요하다.

스스로 책임질 수 있는 나이가 된 후에 어떤 상황에서든 항상 적용되는 규칙은 "알고도 잘못을 저지르지 않는 것"이다. 그런 자세가 습관이 되면 자신이나 다른 사람에게 피해를 주지 않도록 조심하게 되며, 그로 인한 고통을 겪지 않아도 된다. 선악에 대한 내면의 목소리에 귀 기울여 스스로 옳다고 판단되는 일만을 좇아 행할 때 우리가 걸어가는 길에 놓인 모든 걸림돌은 사라지게 될 것이다.

자신이 보기에 분명히 악한 일이라면 결코 하지 말라.

… 유대교

어떤 일을 할 때 양심에 가책을 느낀다면 그만두어라.

… 이슬람교

진리를 안다면 진리에 따라 살아야 한다.

… 자이나교

이러므로 사람이 선을 행할 줄 알고도 행치 아니하면 죄니라.

··· 기독교

마땅히 해야 할 일을 알면서도 하지 않는다면 그것은 죄이니라.

··· 힌두교

사람은 선악을 판단해서 하지 말아야 할 일은 피해야 하느니라. 이는
어떤 상황에서든 올바로 행동할 수 있는 최고의 지름길이니라.

··· 유교

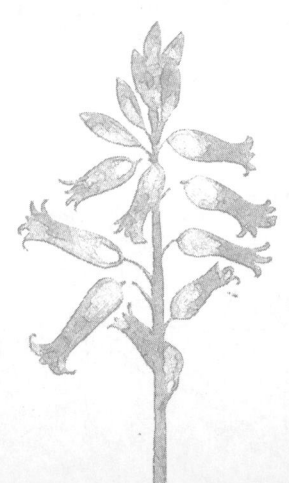

종교의 정의
Definitions of Religion

여러 종교의 경전에서는 나름대로 종교란 무엇인가에 대한 정의를 내리고 있다. 경전에 나오는 종교에 대한 본질적인 말씀 혹은 자기 고백적 설명에는 우리가 삶에 대한 확고하고 긍정적인 가치관을 확립하는 데 큰 도움을 얻을 수 있는 습관과 믿음과 지혜가 담겨 있다.

세계의 경전들은 훌륭한 안내자로서 우리에게 현자와 항상 동행하면서 배울 수 있는 기회를 제공한다. 위대한 영적 스승들이 아직도 우리 가운데 살아 계셔서 끊임없이 훌륭한 조언을 해주고 있는 것 같다.

이런 의미에서 종교란 매우 현실적인 가치를 지닌다. 종교는 우리에게 충족감을 주는 데 머무르지 않는다. 오히려 우리에게 인간 양심의 가장 깊은 곳에 이르러 모든 자연 법칙과 더불어 '하나됨'을 이룰 수 있게 해준다. 또한 실수를 피하고 성장과 성공을 향해 나아가게 도와주며, 궁극적으로 우리 마음속에 생기는 절박하고 중요한 질문에 대한 답을 얻을 수 있게 해준다.

종교란 무엇인가? 종교는 가능한 한 적게 해를 끼치고, 많이 선을 행하며, 사랑과 연민과 진실과 순결을 실천하는 데 있다. 또한 모든 삶의 발걸음에 있다.

··· 불교

온 율법은 네 이웃 사랑하기를 네 몸같이 하라 하신 한 말씀에 이루었나니.

··· 기독교

참된 종교는 크든 작든 모든 것을 하나님의 사랑으로 사랑하는 것이다.

··· 힌두교

병든 자를 만나면 치유자가 되며, 슬퍼하는 자를 만나면 위로자가 되며, 목마른 자를 만나면 시원한 생명수를 건네는 자가 되며, 배고픈 자를 만나면 풍성한 식탁을 제공하는 자가 되며, 구도자를 만나면 인도자가 되며, 어두운 곳을 지날 때 빛이 되며, 하나님의 나라를 열망하는 자에게는 전도자가 되라.

… 바하이교

다른 사람이 불행을 당할 때에는 함께 슬퍼하고, 다른 사람이 행복할 때에는 함께 기뻐하라. 도움이 필요한 사람들을 도와주고 위험에 처한 사람들을 구해 주어라. 다른 사람이 잘되면 기뻐하고 다른 사람이 잘못되면 불쌍히 여기라. 마치 네가 그 사람이 된 것처럼 하라.

… 도교

어떤 행위가 가장 훌륭한가? 사람의 마음에 기쁨을 주는 일, 배고픈 사람에게 먹을 것을 주는 일, 괴로움 당하는 사람을 돕는 일, 슬픔 당한 사람의 마음을 위로하는 일, 상처 입은 사람의 마음을 치유하는 일이다.

… 이슬람교

모든 종교는 신의 영감에서 비롯되었다
All Religions Inspired by God

거의 모든 경전에서는 그 종교의 창시자가 신에게 직접 영감을 받았다고 말한다. 마누, 비아사, 상카라 등과 같은 고대 베다족 현자들은 인류를 대신해서 신과 교신하는 성인으로 수백만 명의 힌두교인들에게 추앙을 받았다.

불경에서 부처님은 해탈하셔서 궁극적인 진리를 깨달은 분이라고 전한다. 『구약성경』에서 아브라함과 모세 등과 같은 유대교의 시조들은 하나님과 직접 이야기를 나눈 사람들로 묘사되고 있다. 『신약성경』에서는 예수님이 하나님의 아들이라고 선포했으며, 말씀과 가르침과 행동을 통해 하나님의 무한한 지혜를 사람들에게 전하셨다고 기록하고 있다. 그리고 이슬람교의 창시자인 마호메트는 알라께서 거룩한 『코란』을 계시한 선지자로서 무슬림들에게 수백 년 동안 숭배를 받고 있다.

이처럼 종교의 스승들은 평생을 바쳐 인류가 선한 길로 나아가도록 인도했다. 그분들은 당대의 사람들에게 꼭 필요한 메시지를 전했으며, 그 가르침에 담긴 진리는 오늘날까지도 그 의미가 조금도 퇴색되지 않았다.

여호와께서 모세에게 이르시되 너는 산에 올라 내게로 와서 거기 있
으라 너로 그들을 가르치려고 내가 율법과 계명을 친히 기록한 돌판
을 네게 주리라.

··· 유대교

내가 너희에게 이르는 말이 스스로 하는 것이 아니라 아버지께서 내
안에 계셔 그의 일을 하시는 것이라.

··· 기독교

코란은 선지자 마호메트의 입술을 통하여 완성되었다.
누구든지 하나님께서 코란의 말씀을 하지 않았다고 하는 자는 거짓
을 말하고 있는 것이다.

··· 이슬람교

나, 신은 모든 시대의 인류에게 이 지식을 주었노라.

··· 힌두교

신께서 나를 이 세상에 보내시면서 이렇게 명령하셨다.
"가서 내 종교를 널리 전파하라. 세상 사람들에게 무분별한 행동을
삼가라고 전하라."

··· 시크교

모든 생명 중에 생명이신 그분이 지금 내 안에 계신다!
진리의 신이 내 마음속에 들어오셔서 머물고 계신다.
그분은 내 머리와 눈과 귀와 입이 되셨다.

··· 수피교

하나님은 사랑이시라
God Is Love

이 말은 인간이 신을 본질적으로 어떻게 받아들이고 있는지 잘 표현하고 있다. 사랑은 용서, 지혜, 연민, 창조력, 영생, 인격 등, 사람들이 신성을 생각할 때 떠올리는 모든 개념들의 요체이다.

산스크리트어에서는 신의 보편성을 사치다난다 sat-cit-ānanda라는 말로 표현한다. 여기에서 사트sat는 '존재'라는 뜻으로 신이 영원하고 무한하다는 것을 나타낸다. 치트cit는 '지성'이라는 의미로서 신의 창조력과 전지전능을 표현한다. 아난다ānanda는 '지복至福' 또는 '환희'로서 행복과 평화와 사랑의 신이라는 의미를 담고 있다. 신성 중에서도 사랑은 인류에게 가장 고귀한 것이며 남녀노소를 불문하고 사랑을 소중히 생각한다.

사람은 누구나 자신이 하나님의 자녀라고 느끼며, 심지어 우리 삶에서 지극히 사소한 부분에도 하나님의 사랑이 충만하다고 생각하며 안도감을 갖는다.

시대마다 등장했던 현자들은 하나같이 무한한 진리와 사랑과 기쁨이 넘치는 우주의 근원에서 지혜를 얻었다고 선포했다. "하나님은 사랑이다"라는 말을 사람들이 제대로 이해한다면, 그러한 믿음은 온 세상 사람들을 하나로 묶어 줄 것이다.

하나님은 사랑이시라 사랑 안에 거하는 자는 하나님 안에 거하고 하나님도 그 안에 거하시느니라.

··· 기독교

밝게 빛나는 태양이 모든 지역을 골고루 비추듯이, 거룩한 사랑의 신도 모든 피조물을 보호하시고 인도하신다.

··· 힌두교

도는 만물을 사랑하고 길러 낸다.

··· 도교

사랑 없는 말은 꽹과리 소리에 지나지 않는다.

··· 바하이교

God Is Love

신의 이름을 무엇이라고 부르든 다를 게 없다.
사랑은 세상을 다스리는 참된 신이기 때문이다.

··· 아파치족, 아메리카 원주민

분별 있는 사람이든 아니든 모든 사람은 그분의 사랑을 갈구한다.
회교 사원, 절, 교회에서 똑같이 갈구한다.
유일하신 하나님은 사랑의 하나님이다.
그분은 모든 곳에 계시며 사랑으로 부르신다.

··· 수피교

사람은 하나님의 형상을 따라 창조되었다
Man Is Made in the Image of God

경전에 나오는 "사람은 하나님의 형상을 따라 창조되었다"라는 말은 도대체 무엇을 의미하는가. 아마도 인간이 무한한 복잡성과 잠재력을 지닌 존재로 창조되었다는 뜻일 것이다. 또는 모든 생명체 가운데 유일하게 스스로 자기 인생을 선택할 수 있는 자유의지를 갖고 있다는 뜻일 수도 있다. 인간은 숭고한 생각을 지닌 천사가 될 수도 있고, 아무 감정이 없는 냉혹한 짐승으로 추락할 수도 있다.

무엇보다도 이 말은 우리에게 자신의 행동을 객관적으로 바라보고 평가하는 능력이 있다는 사실을 시사한다. 우리는 자신과 다른 사람의 행동을 보고 옳고 그름을 판단할 수 있으며, 정의를 실현할 수 있다. 우리는 배우고 변화하고 성장할 수 있고, 아이들을 가르칠 수 있다. 숭고한 사상과 깨달음을 글로 남겨서 우리가 세상을 떠난 이후에도 오랫동안 후손에게 좋은 영향을 미치게 할 수도 있다. 이런 것들이 다른 모든 피조물과 본질적으로 다른, 신을 닮은 인간의 특성이라고 할 수 있다.

하나님은 인간에게 그분의 품성을 드러내는 데 필요한 모든 것을 선물하셨다. 지성, 창의성, 자의식과 같은 특별한 능력이 바로 그것이다. 이런 자질들을 사용하여 그분의 진리를 이해하고 행동의 기준으로 삼을 때, 우리는 자기 안에 있는 신성을 인식하게 될 것이다. 또한 주변의 사람들에게 빛을 발하는 삶을 살수 있게 될 것이다.

하나님이 자기 형상 곧 하나님의 형상대로 사람을 창조하시되.

…유대교

하나님은 자신의 본성을 따라 인간을 빚으셨느니라.

…이슬람교

오, 신의 형상을 가진 인간이여!

…시크교

지존자는 인간에게 자신의 품성과 형상을 주셨느니라.

…도교

너희가 하나님의 성전인 것과 하나님의 성령이 너희 안에 거하시는
것을 알지 못하느뇨.

··· 기독교

내가 너를 창조하였고, 내 형상을 네게 새겼으며, 내 아름다움을 네게
계시하였노라.

··· 바하이교

남과 하나되는 삶
Living in Unity

　기독교, 유대교, 이슬람교의 성지가 한데 모여 있다는 사실은 지금까지도 풀리지 않는 불가사의 가운데 하나이다. 마찬가지로 힌두교와 이슬람교 성지도 인도를 비롯한 여러 나라에 흩어져 있다. 이 때문에 성지를 둘러싼 영토 및 소유권 문제는 역사상 가장 비극적인 분쟁을 일으키곤 했다.

　성지는 순례자들에게 종교의 발원지를 직접 눈으로 확인할 수 있는 기회를 제공할 뿐 아니라 더 높은 영적인 이상을 지속적으로 마음에 담을 수 있게 해준다. 고대로부터 종교 성지는 거룩한 신의 영적인 에너지를 간직한 곳으로 인식되어 왔으며, 신에게 봉헌된 성스러운 땅으로 숭배되었다. 성지를 둘러싼 분쟁이 종식되고 그곳에 서린 거룩함을 모든 사람이 공유하게 되는 날, 그날은 진실로 복된 날이 될 것이며 하나님도 분명히 기뻐하실 것이다.

　어떻게 수백 년 동안 지속된 증오심을 사랑으로 변화시킬 수 있을까? 방법은 하나밖에 없다. 모든 사람이 근본적으로 동일하다는 것을 깊이 인식하고 이 영원한 진리를 모든 인간관계의 기준으로 삼는 것이다.

　우리 모두 서로 불가분의 관계를 맺고 영원히 한데 얽혀서 살아갈 운명에 있는 사람들이다. 사람들은 자신의 행복이 다른 사람의 행복에 좌우되며 나라, 문화, 종교 사이의 관계가 가족 구성원들 사이의 관계와 다르지 않다는 사실을 조금씩 배워 가고 있다. 이와 같은 변화는 지속될 것이다. 동일성은 본질적으로 다양성보다 훨씬 더 강력한 힘을 발휘할 수 있기 때문이다.

하나됨의 정신은 인간의 정신이며, 모두를 포괄하는 연민의 정신이며, 조화와 불가분의 정신이다.

… 수피교

인류가 서로 온전히 화합하기 전에는 복지와 평화와 안전을 얻을 수 없다.

… 바하이교

진리를 가르치는 것도 복되며,
공동체가 조화를 이루는 것도 복되며,
평화 속에서 합일을 이루며 사는 것도 복되니라.

… 불교

형제가 연합하여 동거함이 어찌 그리 선하고 아름다운고.

··· 유대교

진정한 평화는 사람의 영혼 속에 있다는 사실을 먼저 깨닫지 않으면
나라 사이에 평화가 올 수 없다.

··· 오글랄라 수족, 아메리카 원주민

너희 뜻을 일치시켜라. 너희 마음의 소망을 일치시켜라. 너희 생각을
일치시켜라. 그러면 너희 가운데 합일이 이루어지리라.

··· 힌두교

오직 영혼만이 살아남는다
All Created Things Pass Away;
Only the Inner Spirit Remains

시간은 삶의 겉모습을 변화시킨다. 그래서 오랜 시간이 흐르면 결국 가장 근본적인 진리만 남게 된다. 수천 년 전에 세워진 고대 건축물이나 기념비를 보면 아무리 화려한 장식물과 멋진 장신구도 덧없음을 깨닫게 된다. 제아무리 견고하게 쌓은 성벽과 지붕도 모두 허물어지고 겨우 토대와 기둥 몇 개만 남아 있다. 옛 제왕들의 동상도 형체를 알아볼 수 없을 정도로 부서진 채 뼈대만 남아 있다.

우리의 삶도 다를 바가 없다. 끊임없이 변화하는 외부 세계는 우리에게 영속적이고 정신적인 가치를 추구하라고 가르친다. 어느 순간 우리는 변화하지 않는 것은 오직 우리 안에 있는 영혼밖에 없다는 깨달음에 이르게 될 것이다. 존재의 가장 깊숙한 곳에 자리 잡은 인간의 본성은 스쳐 지나가는 온갖 희로애락에도 불구하고 변함없이 그 자리를 지키고 있다.

존재의 가장 깊은 곳에서 우리는 영원한 신과 만날 수 있으며 진정한 힘을 얻을 수 있을 것이다.

All Created Things Pass Away;
Only the Inner Spirit Remains

이 세상도 그 정욕도 지나가되 오직 하나님의 뜻을 행하는 이는 영원
히 거하느니라.

··· 기독교

너희가 가진 것은 모두 사라지나 알라와 함께 있는 것은 영원하노라.

··· 이슬람교

하나님은 우리의 피난처시요 힘이시니 환난 중에 만날 큰 도움이시라
그러므로 땅이 변하든지 산이 흔들려 바다 가운데 빠지든지 바닷물이
흉용하고 뛰놀든지 그것이 넘침으로 산이 요동할지라도 우리는 두려
워 아니하리로다.

··· 유대교

깊은 곳에 있는 또 하나의 생명은 감각을 초월하여 눈에 보이지 않으며 변하지 않는다. 이 생명은 다른 모든 피조물이 연기처럼 사라진 후에도 끝까지 없어지지 않는다.

··· 힌두교

지혜와 각성과 자제심을 지닌 사람은 사나운 물결에도 휩쓸리지 않는 섬을 만들 수 있다.

··· 불교

기도의 축복
The Blessing of Prayer

석유가 가느다란 송유관을 타고 빠른 속도로 흘러갈 때는 반드시 소용돌이가 일어나 요동치게 된다. 이로 인해 파이프 전체가 망가질 수도 있다. 이런 소용돌이를 줄이기 위해 기술자들은 일정한 간격으로 직경이 커지도록 배관을 설계한다. 이렇게 하면 석유가 요동치지 않고 천천히 균일하게 흐르며, 폭이 다시 좁아져서 속도가 빨라져도 부드럽고 원활하게 흐를 수 있게 된다.

우리의 삶도 이와 크게 다르지 않다. 이 세상의 온갖 광란, 스트레스, 동요, 불안 때문에 쓰러지지 않으려면 바쁜 생활 중에도 가끔 조용한 시간을 가져야 한다. 그러면 우리는 다시 중심을 잡고 영혼의 활기를 되찾을 수 있으며, 일상생활로 돌아왔을 때 새로운 기운을 얻을 수 있다.

특히 기도는 신과 우리를 이어 준다. 기도를 통해 우리는 지고한 전능자와 대화할 수 있다. 모든 종교에서 분명히 말하고 있듯이, 신은 우리의 모든 기도를 들으실 뿐만 아니라 우리의 기도에 일일이 응답하신다.

온 세상이 번민으로 가득할 때 간절한 마음으로 기도하라. 참되신 분이 귀 기울여 듣고 친절한 말로 위로해 주신다.

··· 시크교

너희가 기도할 때에 무엇이든지 믿고 구하는 것은 다 받으리라 하시나라.

··· 기독교

주께서 말씀하시기를 "내게 기도하라. 그리하면 내가 네 기도에 답하리라."

··· 이슬람교

여호와께서는 자기에게 간구하는 모든 자 곧 진실하게 간구하는 모든
자에게 가까이 하시는도다.

··· 유대교

누구든지 하나님께 드리는 기도 가운데 기쁨을 찾아야 한다. 너희가
기도를 기초로 삼으면 과거의 일로 괴로움을 당하지 않으리라.

··· 힌두교

기도는 신의 은총을 구하는 데 있어서 가장 중요한 요소이다. 그리고
우리가 눈에 보이지 않는 보호를 받으려면 곧게 서 있는 것이 가장 근
본적인 자질이다.

··· 신도

이성을 초월하는 평화
The Peace That Passes All Understanding

성 토마스 아퀴나스는 영적 각성에 대한 수많은 글을 썼다. 그가 펴낸 위대한 책 『신학대전』은 지금으로부터 700년 전에 기록되었지만 아직까지도 가톨릭 신앙을 떠받치는 기둥 가운데 하나로 자리 잡고 있다.

만년에 그는 한동안 글을 쓰지 않았는데, 사람들은 그에게 저술 활동을 다시 시작할 것인지 물었다. 그러자 그는 이렇게 대답했다. "지금까지 내가 저술한 모든 작품이 한낱 지푸라기처럼 보입니다."

당시 너무나 오묘하고 지극히 개인적인 계시를 경험한 성 토마스는 그것을 도저히 글로 표현할 수가 없었던 것이다. 이 같은 경험은 하나님을 이해하는 수단으로 논리와 이성을 강조한 그의 저작들을 무색하게 만들었다. 또한 이성을 초월하여 형언할 수 없는 마음의 평화와 기쁨으로 그를 인도했다.

빌라도가 "도대체 무엇이 진리인가?"라는 질문을 했을 때 예수님이 침묵을 지키신 것도 마찬가지 이유 때문이다. 그리스도께서는 하나님이 주신 마음의 평화를 말로 표현할 수 없다는 사실을 잘 알고 있었다. 또한 힌두교, 시크교, 수피교 등 다른 위대한 종교에서 깨달음을 얻은 현자들도 이성을 초월하고 필설로 다할 수 없는 평화를 마음속으로 경험하였다.

신적인 존재와 만난 경험은 말과 생각을 뛰어넘는 사건이다. "너희는 가만히 있어 내가 하나님 됨을 알지어다"라고 『구약성경』은 말한다. 오직 조용한 합일을 통해서만 신적인 존재를 진정으로 이해할 수 있다. 가장 높은 의미에서 신적인 존재와의 만남은 이성을 초월하는 깨달음의 상태이다. 그런 깨달음이 주는 마음의 평화는 말로 표현할 수 없으며 오로지 경험으로밖에 알 수 없는 것이다.

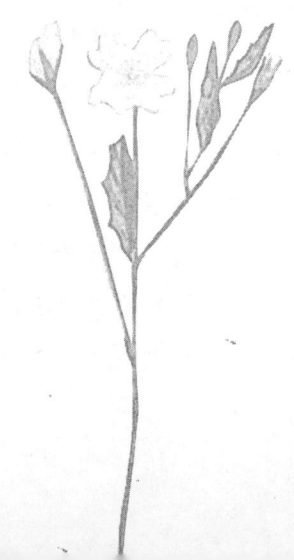

그리하면 모든 지각에 뛰어난 하나님의 평강이 그리스도 예수 안에서 너희 마음과 생각을 지키시리라.

… 기독교

마음이 이미 고요하고 말과 행동 또한 고요해 바른 지혜로써 해탈한 사람은 이미 열반에 들어간 사람이다.

… 불교

내적인 기쁨과 즐거움을 가진 사람은 내면의 빛을 발견한 것이다. 그는 무한한 평화와 하나가 되었다.

… 힌두교

그들을 위해 주님 안에 평화로운 집이 있을 것이며 하나님은 그들의
보호자가 되시니 그들이 참됨을 행하였기 때문이라.

··· 이슬람교

여호와는 네게 복을 주시고 너를 지키시기를 원하며 여호와는 그
얼굴로 네게 비취사 은혜 베푸시기를 원하며 여호와는 그 얼굴을
네게로 향하여 드사 평강 주시기를 원하노라.

··· 유대교

마음이 고요한 사람은 진리를 깨달아 성스러운 광채를 발하게 된다.

··· 도교

당신의 뜻이 이루어지이다
Thy Will Be Done

세계의 종교 경전에서는 모든 인간이 본질적으로 한계가 없고 불멸하는 영혼을 지닌 존재라고 선언한다. 모든 사람은 신성神性의 표현이며, 따라서 자신 안에서 신성을 깨달을 수 있는 잠재력을 가지고 있다.

"당신의 뜻이 이루어지이다"라고 기도하는 것은 어떤 외적이고 전능한 힘에 의존해서 인간의 그릇되고 사악한 욕망을 이기고 싶다는 의미가 아니다. 이 기도의 본질은 우리의 모든 생각과 행동이 인간 존재의 가장 깊고 순결하고 높은 이상에 따라 인도되기를 원하는 소망의 표현이다.

창조주와 조화를 이루며 살고 행동하려는 우리의 갈망이 "당신의 뜻이 이루어지이다"라는 기도에 담겨 있다. 그것은 종교인들이 꿈꾸는 가장 높은 소망이다.

나라이 임하옵시며 뜻이 하늘에서 이룬 것 같이 땅에서도 이루어지이다.

… 기독교

의심이 사라지고 믿음이 견고해지니 이제는 "당신의 뜻이 이루어지이다"라고 말할 수 있습니다.

… 힌두교

나의 하나님이여 내가 주의 뜻 행하기를 즐기오니 주의 법이 나의 심중에 있나이다.

… 유대교

이루어지는 일마다 그 행하시는 이는 하나님이시라.

… 시크교

하나님께 모든 것을 맡기는 것보다 더 나은 믿음이 어디 있으랴.

… 이슬람교

언제나 하늘의 뜻을 따르려고 애쓰거라.
그러면 보다 많은 행복을 얻게 되리라.

… 유교

세계 종교의 기도문
Prayers of the Religions

세계 종교의 기도문에는 공통된 주제가 담겨 있다. 하나님을 만나고 싶어하는 갈망과 욕구가 바로 그것이다. 전능하신 신을 통해 이 땅에서 자유, 건강, 번영, 지식에 이르는 길을 찾고자 하는 것이다. 이것은 모든 사람의 간절한 소망이며 인생의 목표이기도 하다.

종교의 기도문에서는 그런 열망을 이룰 수 있도록 안내해 달라고 하나님께 간구하고 있다. 여러 종교 기도문의 목적이 한결같다는 사실은 인간 영혼이 본질적으로 하나임을 잘 나타낸다.

하늘에 계신 우리 아버지여

이름이 거룩히 여김을 받으시오며 나라이 임하옵시며

뜻이 하늘에서 이룬 것같이 땅에서도 이루어지이다

오늘날 우리에게 일용할 양식을 주옵시고

우리가 우리에게 죄 지은 자를 사하여 준 것같이 우리 죄를 사하여 주

옵시고 우리를 시험에 들게 하지 마옵시고 다만 악에서 구하옵소서

나라와 권세와 영광이 아버지께 영원히 있사옵나이다 아멘!

··· 기독교

여호와여 나의 영혼이 주를 우러러보나이다.

나의 하나님이여 내가 주께 의지하였사오니

나로 부끄럽지 않게 하시고

나의 원수로 나를 이기어 개가를 부르지 못하게 하소서

주를 바라는 자는 수치를 당하지 아니하려니와 무고히 속이는 자는

수치를 당하리이다

여호와여 주의 도를 내게 보이시고 주의 길을 내게 가르치소서

주의 진리로 나를 지도하시고 교훈하소서

주는 내 구원의 하나님이시니 내가 종일 주를 바라나이다.

··· 유대교

자비로우시고 자애로우신 하나님의 이름으로
온 우주의 주님이신 하나님께 찬미를 드리나이다.
그분은 자애로우시고 자비로우시며 심판의 날을 주관하시도다.
우리는 당신만을 경배하오며 당신에게만 구원을 비노니
저희들을 올바른 길로 인도하여 주시옵소서.
그 길은 당신께서 축복을 내리신 길이며
노여움을 받은 자나 방황하는 자들이 걷지 않는 가장 올바른 길이옵
니다.

··· 이슬람교

주여! 저희를 보이지 않는 곳에서 보이는 곳으로 인도하시고,
어둠에서 빛으로 이끌어 주시며 죽음을 영생으로 바꾸어 주소서!
아움!

··· 힌두교

도처에서 몸과 마음의 고통으로 번민하는 모든 중생에게
바다 같은 행복과 희열이 있을지어다.
추위로 고통을 당하는 중생에게 따뜻함이 있으며,
더위로 고통을 당하는 중생에게 시원함이 있을지어다.
벌거벗은 자는 입을 것을 찾고, 굶주린 자는 먹을 것을 찾을지어다.
병을 앓는 모든 중생은 빨리 질병에서 놓여 날지어다.
살아 있는 모든 생명체는 고통을 당하지 않으며, 악행을 저지르지 않
으며, 질병을 앓지 않을지어다.
길이 없는 무서운 광야에 있는 모든 중생,
아이들과 노인들, 보호자가 없는 모든 병약자들에게
자비로운 하늘의 도움이 있을지어다.
그리고 이 모든 중생들에게 부처의 깨달음이 임할지어다.

··· 불교

간절히 기도하나이다!
올바른 사명의 길에서 절대로 돌아서지 않도록
악과 맞서 싸우는 것을 결코 두려워하지 않도록
싸워서 언제나 승리할 수 있도록 허락해 주소서!
두 손을 모으고 겸손한 마음으로 주께 기도하나이다!
머리를 숙여 겸손한 마음으로 주를 경외하나이다!
모든 사람이 주의 길을 따를 수 있기를 비옵니다!
그들에게 주의 길을 전할 수 있는 힘을 저에게 주옵소서!

··· 시크교

아움! 아미인! 아메엔! 아멘!

Aum! Amīn! Amēn! Amen!

하나됨을 위하여

오랜 세월 동안 모든 종교의 경전에서는 인류가 "하나의 대가족"이라고 말해 왔다. 이 말은 아주 단순한 진리이며 어느 종교에서나 간명하고 직접적으로 표현되어 있다. 사실 종교적 사상과 관련된 거의 모든 원리들은 모든 종교에 공통적으로 존재한다. 예컨대 황금률, 네 이웃을 사랑하라, 부모를 공경하라, 진실을 말하라, 주는 것이 받는 것보다 복되다 등과 같은 가르침은 어느 종교나 비슷하다.

이처럼 세계의 종교들이 본질적으로 유사하다는 사실을 알면, 결국 모든 종교의 궁극적인 가르침은 인간의 영혼이 '하나'라는 것으로 귀결된다는 심오한 깨달음을 얻게 된다. 모든 종교가 공유하는 핵심적인 믿음들을 나란히 놓고 보면 표현조차도

놀랍도록 비슷한 경우가 많다. 그리하여 사람들 사이의 차이점은 표면적인 것에 불과하며 내면적으로는 서로 다르지 않다는 사실을 알게 된다. 이러한 동일성을 깨닫게 되면 모든 사람들이 하나가 되는 놀라운 일이 일어날 것이다. 차이점이 눈 녹듯이 사라지고 인간의 영혼은 스스로 이렇게 물을 것이다. "도대체 왜 우리가 싸우고 있지?"

이와 같은 영적인 지혜의 모음집은 개인적인 차원에서도 커다란 가치가 있다. 이 책에서처럼 여러 종교의 가장 근본적인 주제들을 모아서 직접 비교해 보면 우리의 정신과 영혼을 발전시키기 위한 지침이나 청사진을 얻을 수 있다. 국제 사회가 평화롭게 공존하는 방법을 배울 수 있을 뿐만 아니라 개인들이 성공, 행복, 영적 자아실현을 성취하기 위해 삶을 살아가는 방법에 대해서도 기본적인 토대를 마련할 수 있다.

이 책은 여러 해 동안 이루어진 연구의 산물이다. 세상에는 무수히 많은 종교 경전들이 존재한다. 경전마다 다양한 번역본이 있으며, 대부분은 난해한 고어체로 씌어 있다. 그럼에도 불구하고 나는 종교 경전들을 읽으면서 보편적으로 잘 알려진 표현들을 자주 발견할 수 있었다. 그런 글들을 만나면 마치 수천 년 동안 발굴되기만을 기다리며 땅 속에 깊숙이 묻혀 있던 금광을 찾은 것처럼 기뻤다. 새로운 표현을 발견할 때마다 다른 종교에 있는 유사한 표현들과 비교해 보기를 거듭했다.

여러 해 동안 연구를 한 끝에, 1981년 그 동안 수집했던 종교적 가르침들을 중요하고 널리 알려진 20가지의 주요 원리에 따라 정리했다. 당시만 해도 누군가가 종교 경전의 유사한 글들을 모아서 자세하게 서로 비교해 보았다는 얘기는 듣지 못했다. 그래서 내 연구가 의미 있는 작업이라는 사실을 정당화할 필요가 있다고 생각했다. 그리고 이 일이 반목을 일으키지 않고 오히려 화합을 촉진시킬 것이라는 믿음을 확인하고 싶었다.

그때 마침 노벨 평화상을 수상하신 테레사 수녀님이 미국에 오셔서 전국의 선교원을 방문하고 계신다는 소식을 우연히 듣게 되었다. 테레사 수녀님이야말로 다양한 종교의 신도들에게 한결같이 찬양 받고 있는 분이라고 생각한 나는 수녀님을 찾아뵙고 그 동안 수집해서 정리한 종교적 가르침의 비교 모음집을 보여 드렸다. 그 후에도 여러 번에 걸쳐서 수녀님과 대화를 나눌 수 있는 기회가 있었다. 수녀님은 이 책의 구상을 높이 평가하셨으며 친절하게도 서문을 써 주겠다고 말씀하셨다.

이 책에 대한 믿음이 확고해지자 나는 한층 더 연구에 힘을 쏟았다. 1년 후에는 25가지 핵심 원리별로 종교적 가르침을 정리한 책을 자비로 출판했다. 그 책을 들고 여러 서점을 찾아가 사장들에게 보여 주자 많은 분들이 큰 관심을 보였다. 한 서점에서는 계산대 바로 옆에 있는 판매대에 수십 권을 올려놓기도 했다. 이틀 후에 그 사장님은 전화를 해서 책을 더 갖다 달라고 말했다.

그 사장님은 고객들이 책을 훑어보고 나서 주제가 무엇인지 파악하게 되었을 때의 표정을 이렇게 전했다. "책을 집어 든 고객들의 눈이 반짝거렸습니다. 마치 오랫동안 찾아 헤매던 책을 느닷없이 발견하게 되어 놀란 듯 했습니다."

1989년에 발렌타인 출판사에서 『하나, 세계 종교가 전하는 메시지』라는 제목으로 책이 출판되었다. 이 초판에서는 30가지 핵심 원리별로 종교적 교훈들을 정리했으며 테레사 수녀님의 서문과 기도문, 그리고 달라이 라마의 추천사를 실었다. 달라이 라마는 이 책이 출판되고 나서 몇 달 뒤에 노벨 평화상을 수상했다.

초판이 출판된 후에도 나는 연구를 계속 했으며, 위대한 핵심 원리를 64가지로 늘려서 다시 이 책을 쓰게 되었다.

위대한 원리들은 모든 경전에서 다양한 표현으로 반복되어 씌어 있다. 그러나 간결하고 읽을 만한 책을 만들기 위해 나는 종교마다 하나씩 대표적인 표현을 골랐다. 아래에 나오는 글들은 모두 이슬람교의 경전에서 찾은 것이다. 이 중에서 첫번째 글만 이 책에 포함되었지만 나머지 글들도 그에 못지않게 아름답고 의미 있는 가르침들이다.

네 부모를 섬기고 공경하라. 천국은 이 세상 모든 어머니들의 발밑에 펼쳐져 있느니라.

··· 하디스

가장 좋은 문으로 천국에 들어가기를 원하는 자는 아버지와 어머니를
기쁘게 해 드려야 하느니라.

··· 하디스

주님이 명령하시길 그분 외에는 경배하지 말라 하셨으며 부모에게 효
도하라 하셨으니 부모 중 한 사람 또는 두 사람이 모두 노인이 되었을
때 그들을 멸시하거나 거부하지 말고 고운 말을 쓰라 하셨노라.

··· 코란

부모에게 선행하는 자로서 신이 사랑의 눈으로 보지 않는 이가 없느
니라.

··· 하디스

하나님은 모든 인간에게 명령하여 부모를 존경하라 했거늘 그의 어머
니는 태아를 가짐과 2년간 젖을 먹이므로 말미암아 허약하여 지느니라.

··· 코란

"신의 사자여, 제가 가장 먼저 보살펴야 할 사람은 누구입니까?" 예
언자 모하메드는 대답했다. "너의 어머니다." "그러면 어머니 다음
은?" "너의 어머니다." "또 그 다음은?" "너의 어머니다." "그 다음
은?" "너의 아버지다."

··· 하디스

마찬가지로 '부모를 공경하라'는 가르침뿐만 아니라 이 책에 포함된 모든 원리들을 다양하게 표현한 글을 기독교, 유대교, 불교 등 모든 종교에서 인용할 수도 있었다. 그러나 그렇게 하면 책을 읽어 나가기가 수월치 않을 것이다. 이 책에서는 각 원리마다 간단한 설명에 이어 여러 경전의 말씀들을 간결하고 깔끔하게 정리해 놓았다. 인용된 글 주위에 여백이 많은 이유는 독자들이 침묵 속에서 여러 종교의 가르침을 비교해 보고 내재된 위대한 진리를 되새겨 볼 수 있도록 하고 싶었기 때문이다.

독자들이 경전들을 직접 읽어 보고자 한다면 그렇게 하도록 권하고 싶다. 경전들을 찾으려면 이 책의 뒷부분에 나오는 출처를 참고하기 바란다.

이 책을 처음 출간한 이후 세계는 엄청나게 변화했다. 비극적 사건들이 계속되면서 영구적인 평화와 화합을 바라는 우리의 소망은 여지없이 무너졌다. 지금은 긴장감이 고조되어 삶의 본질적인 영성靈性이 위협 받고 있는 시대이다. 따라서 성스러운 가르침으로 돌아가 우리 자신을 단련하고 새롭게 만들고자 하는 것은 자연스러운 움직임이다. 모든 종교의 본질적인 동일성은 인류에게 새로운 차원의 이해심을 갖게 하여 평화와 존엄, 그리고 타인에 대한 존경심을 회복시킬 힘을 갖고 있다.

오늘날 많은 사람들은 스스로 만든 법을 따르고 있다. 그러나 그런 태도로는 보편적인 원리에 담긴 소중한 가치를 결코 이해할 수 없을 것이다. 반면에 이 세상에 위안과 안정이 깃들이기를 희망하는 사람들은 모든 종교에 공통된 근본적인 가치를 되살리기 위해 그 어느 때보다 더 헌신하고 있다. 이와 같은 영원한 개념들의 완전한 가치는 까마득한 옛날부터 모든 주요 종교에서 매우 유사하게 기록되어 왔다. 내면의 성장을 위한 원리들은 예수, 부처, 마호메트, 모세, 공자의 시대나 지금이나 결코 다를 바가 없다. 이들 위대한 스승의 공통된 가르침은 현대를 살아가는 사람들에게도 똑같이 본질적인 진리다. 그 가르침에 담긴 원리들은 시간과 변화를 초월하여 모든 사람들이 삶의 궁극적인 목표인 평화와 깨달음을 얻을 수 있는 길을 분명하게 제시해 주고 있다.

제프리 모지스

참고자료

❋ 경전 주요 출처

기독교 : 신약성경(개역본)

유대교 : 구약성경(개역본), 탈무드

이슬람교 : 성 코란, 하디스

불교 : 법구경

힌두교 : 바가바드기타, 마하바라타, 히토파데샤

유교 : 논어, 맹자

바하이교 : 여러 출처에서 인용

시크교 : 구루의 말씀 인용 (M.A. 매콜리프 저 『시크교 : 구루, 경전 및 저술가 The Sikh Religion: Its Guru Sacred Writings and Authors』에서 인용, 권 번호와 쪽 번호를 함께 적음)

도교 : 도덕경

수피교 : 여러 출처에서 인용

아메리카 원주민 : 가이 A. 조나 저서에서 인용

자이나교 : 주요 경전에서 인용

신도 : 주요 경전에서 인용

아프리카의 지혜 : 존 S. 음비티 저서에서 인용

『종교의 본질적인 동일성 Essential Unity of All Religions』 (EU)

『세계종교 선집 Readings from World Religions』 (WR)

『살아 있는 종교의 지혜 Wisdom of the Living Religions』 (LR)

❋ 항목 출처

황금률 ─ 기독교(마태복음 7:12, 누가복음 6:31), 유대교(탈무드 랍비 힐렐), 이슬람교(미쉬카트 엘 마사비 Michkat-el-Masabih), 불교(우다나바르가 5.8), 유교(논어 위영공편 15:23), 힌두교(마하바라타, 아누사사나 파르바 Anusasana Parva 제13권), 시크교(구루 앙가드 제2권 29), 자이나교(수트라크리탕가 수트라 Sutrakritanga Sutra 1.11.33), 도교(태상감응편), 바하이교(바하 울라)

네 이웃을 사랑하라 ─ 유대교(레위기 19:18), 기독교(요한복음 13:34~35), 힌두교(마하바라타, 아누사사나 파르바 제13권), 불교(법구경, WR 174), 유교(서경 5.17.2), 이슬람교(하디스)

세계는 한 가족이다 ─ 기독교(사도행전 17:26), 힌두교(바비샤 푸라나 Bhavishya Purana Ⅲ, Ⅳ, 23장), 유대교(말라기 2:10), 이슬람교(하디스), 신도(아쓰타의 신탁), 수족(아메리카 원주민)

신은 하나다 ─ 기독교(에베소서 4:6), 유대교(신명기 4:39), 힌두교(슈베타슈바타라 우파니샤드 6.11), 시크교(자프지 제1권 195), 수피교(수피교의 가르침), 바하이교(바하 울라)

주는 것이 받는 것보다 복되다 ─ 기독교(사도행전 20:35), 도교(도덕경 81:2), 시크교(아사 키 와르 슬로카 Asa Ki War Sloka 6), 이슬람교(코란 57:18), 힌두교(마하바라타 12.293.3), 유대교(시편 41:1)

남을 해치지 말라 ─ 힌두교(마누 2:161), 불교(법구경 185), 기독교(에베소서 4:32), 자이나교(수트라크리탕가 1.11.12), 유대교(스가랴 7:9), 이슬람교(하디스)

자연을 보존하라 ─ 기독교(히브리서 6:7), 불교(부처님의 말씀), 이슬람교(하디스), 아라파족(아메리카 원주민), 힌두교(베다), 유교(맹자 1.1.3.3)

천국은 우리 안에 있다 — 기독교(누가복음 17:20~21), 유교(논어 15:20), 불교(『니치렌 다이쇼닌 주요 저작』 제1권 '부처님의 깨달음' 3~5), 수피교(수피교의 가르침), 힌두교(카타 우파니샤드 2), 시크교(구루 나나크 제1권 330)

뿌린 대로 거두리라 — 불교(타 추앙 얀 킹 룬 설교 Ta-chwang-Yan-King-Lun Sermon 57), 기독교(갈라디아서 6:7), 시크교(구루 나나크 1, 11), 유대교(잠언 11:25), 유교(맹자 1.2.12.2), 힌두교(마누 9.40)

사랑으로 정복하라 — 이슬람교(코란 41:34), 기독교(로마서 12:21), 힌두교(마하바라타, 아누사사나 파르바 제13권), 유대교(잠언 15:1), 불교(포 쇼 힝 찬 킹 Fo-Sho-Hing-Tsan-King), 테톤족(아메리카 원주민)

평화를 이루는 사람은 복되다 — 기독교(마태복음 5:9), 이슬람교(하디스), 힌두교(바라비의 아르주나와 산사람), 유대교(잠언 12:20), 바하이교(압둘 바하의 파리 대담, 1911년 10월 21일), 불교(쿨라 하티 파다파마 수타 Cula-Hatthi-Padapama Sutta)

진리는 보편적이다 — 기독교(디모데후서 3:16~17), 이슬람교(코란 3:84), 불교(아쇼카 칙령, 바위 칙령 1:2), 힌두교(바가바타 푸라나 4.4.19), 유교(중용 13.1), 수피교(하즈라트 오 무르쉬드의 기도)

너 자신을 알라 — 유교(맹자 4.1~2), 기독교(마태복음 7:5), 힌두교(가루다 푸라나 113.57), 불교(법구경 252), 도교(도덕경 33:2), 시크교(구루 아마르 다스, 제2권 167)

부모를 공경하라 — 유대교(잠언 6:20~22), 기독교(마태복음 15:4), 힌두교(아바이야 Avaiyar, WR 17), 이슬람교(하디스), 불교(수타 니파타 261), 유교(맹자 4.1.11)

남을 판단하지 말라 — 기독교(마태복음 7:1~2), 유대교(탈무드 네지킨〔피르케이 아보트〕, 불교(샴 불교 격언), 이슬람교(코란 10:109), 바하이교(압둘

바하의 파리 대담 제2부, 1911년 11월13일)

원수를 사랑하라 — 기독교(누가복음 6:27), 이슬람교(하디스), 유교(논어 14:36), 유대교(잠언 25:21), 힌두교(마하바라타, 바나 파르바 Vana Parva 제3권), 자이나교(다샤 바이칼리카 수트라 8.39)

돈보다 지혜가 더 값지다 — 이슬람교(하디스), 기독교(마태복음 6:19~21), 유대교(잠언 16:16), 불교(소부의 복장경), 힌두교(가루다 푸라나 115)

사람은 빵만으로 살 수 없다 — 기독교(누가복음 4:4), 힌두교(카타 우파니샤드 1), 시크교(자프지 제1권), 유대교(신명기 8:3), 유교(논어 15:31)

용서하는 자에게 복이 있다 — 유대교(로키치, WR 56), 기독교(마태복음 18:21~22), 이슬람교(코란 42:40), 시크교(카비르 제6권 302), 도교(도덕경 63), 불교(법구경 5)

진실을 말하라 — 기독교(에베소서 4:25), 유대교(스가랴 8:16), 불교(법구경 408), 이슬람교(코란 2:39), 힌두교(타이티리야카 우파니샤드 Taittiriyaka Upanishad 1.10), 아샨티족 속담(아프리카의 격언), 유교(맹자 4.1.12.2~3)

종교적 믿음보다 행실이 더 중요하다 — 시크교(아디 그란트 제2권 162), 기독교(로마서 2:6), 유대교(탈무드), 어시니보인족(아메리카 원주민), 불교(수타니파타 1.7)

화를 참아라 — 유대교(잠언 14:29), 힌두교(바가바드기타 2:56), 기독교(에베소서 4:26), 이슬람교(하디스), 신도(일본 연대기 격언), 불교(법구경 222)

경전의 글이 아니라 정신을 읽어라 — 기독교(고린도후서 3:6), 유대교(예바모스 Yevamos 79a), 이슬람교(하디스), 불교(테비가 수타 Tevigga Sutta 1:46), 힌두교(우파니샤드, EU 542), 수피교(수피교의 가르침)

어려서부터 지혜를 구하라 — 유대교(구약 외전, 집회서), 힌두교(아바이야르, WR 17), 기독교(마태복음 6:33), 이슬람교(하디스), 불교(법구경 382)

어른을 공경하라 — 불교(법구경 109), 유대교(욥기 12:12), 유교(맹자 1.1.7.12), 기독교(디모데전서 5:1), 모호크족(아메리카 원주민), 이슬람교

(하디스), 나일 지방의 격언(아프리카의 지혜)

지혜로운 사람과 동행하라 — 유대교(잠언 13:20), 힌두교(마하바라타 5.36.13), 이슬람교(하디스), 불교(법구경 208), 유교(논어 4:17), 시크교 (구루 람 다스 제2권 346)

신에 이르는 길은 여러 갈래이다 — 수피교(수피의 가르침), 힌두교(바가바 드기타 4:11), 기독교(로마서 8:14), 유교(역경 부록 2.5), 포니족(아메리카 원주민)

구하라 그러면 얻을 것이다 — 기독교(마태복음 7:7), 유대교(신명기 4:29), 힌두교(바가바드기타 6:44), 시크교(구루 아르잔 제3권 229), 불교(법구 경 122), 이슬람교(하디스)

자신과의 싸움에서 승리하라 — 기독교(마태복음 16:26), 유대교(잠언 16:32), 불교(법구경 103), 이슬람교(하디스), 도교(도덕경 33.2), 자이나교 (우타라드히야야나 수트라 Uttaradhyayana Sutra 9.36)

신은 용서하신다 — 유대교(역대하 30:9), 이슬람교(하디스), 기독교(요한일 서 1:9), 힌두교(바가바드기타 9:30~31), 도교(도상관음편 1200~1230), 시크교(카비르의 슬로카스 Slokas 155)

신께서 사랑하듯 서로 사랑하라 — 불교(아함경, 부다 바사마 Buddha-Vasama), 기독교(마태복음 5:45), 유대교(탈무드), 힌두교(마하바라타, 샨 티 파르바 Shanti Parva 제12권), 도교(도덕경 8장), 호피족(아메리카 원주 민), 이슬람교(하디스)

중용의 미덕 — 도교(도덕경 59), 유교(시경 3.3.2.8.5~6), 힌두교(바가바드기타 6:16~17), 기독교(빌립보서 4:5), 신도(니토베 이나조), 이슬람교(하디스)

교만은 멸망으로 가는 지름길 — 유대교(잠언 16:18), 유교(서경 2.2.3), 힌 두교(샤타파타 브라마나, EU 359), 기독교(베드로전서 5:5), 이슬람교(코 란 16:24), 도교(도덕경 39)

불멸하는 영혼 — 자이나교(수트라크리탕가 1.1.1.16), 기독교(갈라디아서

6:8), 유대교(시편 23:6), 바하이교(바하 울라), 힌두교(바가바드기타 11:4), 이슬람교(하디스)

태초에 ─ 시크교(구루 나나크 제1권 165), 힌두교(리그베다·10.11.1.1~2), 유대교(창세기 1:1~3), 기독교(요한복음 1:1~3), 도교(도덕경 25), 이슬람교(코란 57:4~5)

신은 만물의 창조주 ─ 기독교(히브리서 3:4), 힌두교(비슈누 푸라나 1.1.35), 유교(리지 9.2.8), 유대교(예레미야 10:12), 이슬람교(코란 6:1), 시크교(자프지 제1권 212), 에디오피아(아프리카 격언)

인간은 신을 알 수 없다 ─ 유대교(욥기 37:5), 기독교(로마서 11:33), 수피교(수피교의 가르침), 도교(도덕경 4장 무원), 이슬람교(코란 31:27), 시크교(구루 아르잔 제3권 323)

만족하라 ─ 기독교(마태복음 6:25~26), 시크교(라히라스 The Rahiras, 구루 아르잔 제1권), 불교(법구경 204), 유대교(잠언 14:30), 힌두교(마누 4.12), 신도(후지산의 신)

선을 추구하라 ─ 힌두교(힌두교 격언), 유교(논어 7장 술이편), 도교(도덕경 28장 반박), 신도(신도 기도문), 기독교(빌립보서 4:8)

부드럽게 말하라 ─ 불교(법구경 133), 기독교(골로새서 4:6), 시크교(아디 그란트의 바하가트 Bhagats, 셰이크 파리드 Shaikh Farid 129 제6권 414), 나일 지방 격언(아프리카의 지혜), 힌두교(바가바드기타 7:15), 이슬람교(코란 31:19), 호피족(아메리카 원주민), 유대교(잠언 25:11)

남의 결점을 찾지 말라 ─ 유교(맹자 진심 하 32장), 이슬람교(알리 이븐 아비 탈리브의 서론, WR 285), 신도(예가수의 교훈집), 기독교(로마서 2:1), 바하이교(바하 울라), 도교(장자, EU 542)

나눔의 축복 ─ 기독교(마태복음 5:42), 이슬람교(하디스), 유대교(잠언 19:17), 불교(아함경 초간본, 부다 바스마), 힌두교(리그베다), 유교(맹자 2.1.7.2)

남을 대접하라 — 유대교(출애굽기 22:21), 힌두교(마하바라타, 아누사사나 파르바 7), 이슬람교(마스나비 Masnavi, WR 281), 기독교(히브리서 13:1~2), 신도(구로즈미교/곤코교)

대가를 바라지 말고 주어라 — 힌두교(바가바드기타 17:20), 이슬람교(코란 2:273), 기독교(마태복음 6:1), 유대교(탈무드), 도교(도상관음편, WR 111)

주어라 다시 얻을 것이다 — 기독교(누가복음 6:38), 유대교(전도서 11:1), 이슬람교(코란 57:18), 도교(도덕경 36), 힌두교(히토파데사, LR 142), 유교(맹자 양혜왕 하 12장)

부를 창조하라 — 유대교(잠언 15:6), 이슬람교(하디스), 자이나교(우타라드 히야야나 수트라 13.10), 불교(수타니파타), 유교(논어 7장 술이편), 힌두교(가루다 푸라나 115.12)

지식은 성공의 근본 — 기독교(고린도전서 14:40), 불교(본생담), 유대교(잠언 24:3-4), 유교(논어 1:2), 이슬람교(하디스)

인내는 성공의 열쇠 — 불교(아함경), 유대교(잠언 21:5), 유교(논어 13장 자로편), 신도(예가수의 교훈집), 이슬람교(마스나비, WR 261), 도교(도덕경 64장)

운명은 스스로 개척하라 — 기독교(마태복음 16:27), 불교(법구경 12장 기신품 165), 유대교(시편 62:12), 유교(맹자 2.1.4.5), 이슬람교(코란 99:7~8), 힌두교(가루다 푸라나 113.29)

선한 행실을 기뻐하라 — 불교(법구경 1장 쌍서품 16), 힌두교(마누 4.175), 기독교(마태복음 5:6), 유교(논어 6장 옹야편), 이슬람교(하디스), 유대교(시편 1:2)

신은 우리 마음속에 있다 — 신도(미카도 세이와의 계시록), 시크교(구루 나나크 제1권 330), 기독교(고린도전서 3:16), 힌두교(바가바드기타 13:17), 이슬람(할리파 알리 Khalifa Ali), 자이나교(사마이카 파타 Samayika-Patha)

인간은 계획하고 하나님이 이루신다 — 이슬람교(하디스), 시크교(아르잔의 수크마니, 아쉬타파디 14, WR 296), 기독교(고린도전서 3:6), 힌두교(히토파데사), 부룬디(아프리카의 지혜), 유대교(잠언 16:9)

살인하지 말라 — 유대교(탈무드 네제킨[산헤드린 Sanhedrin]), 이슬람교(코란 5:32), 기독교(마태복음 26:52), 불교(법구경 10장 도장품 130), 자이나교(수트라크리탕가 1.1.4.2)

알고도 잘못을 저지르지 말라 — 유대교(탈무드, 피르케 아보스 Pirke Aboth), 이슬람교(하디스), 자이나교(수트라크리탕가 1.2.3.15), 기독교(야고보서 4:17), 힌두교(바가바드기타 2:9), 유교(논어 7장 술이편 1.17)

종교의 정의 — 불교(아쇼카 칙령, 일곱 기둥 칙령 2), 기독교(갈라디아서 5:14), 힌두교(히토파데사), 바하이교(바하이, WR 263~64), 도교(도상관음편), 이슬람교(하디스)

모든 종교는 신의 영감에서 비롯되었다 — 유대교(출애굽기 24:12), 기독교(요한복음 14:10), 이슬람교(EU 341), 힌두교(우파니샤드), 시크교(구루 고빈드 싱 제5권 299), 수피교(수피교 문헌)

하나님은 사랑이시라 — 기독교(요한일서 4:16), 힌두교(슈베타슈바타라 우파니샤드 5.4), 도교(도덕경 34.2), 바하이교(바하이 금언), 아파치족(아메리카 원주민), 수피교 (수피교의 가르침)

사람은 하나님의 형상을 따라 창조되었다 — 유대교(창세기 1:27), 이슬람교(하디스), 시크교(테그 바하두르 제4권 415), 도교(장자 5.5), 기독교(고린도전서 3:16), 바하이교(바하 울라)

남과 하나되는 삶 — 수피교(수피교의 가르침), 바하이교(바하 울라), 불교(법구경 14장 불타품 194), 유대교(시편 133:1), 오글랄라 수족(아메리카 원주민), 힌두교(리그베다 10.12.40.4)

오직 영혼만이 살아남는다 — 기독교(요한일서 2:17), 이슬람교(코란 16:96), 유대교(시편 46:1~3), 힌두교(바가바드기타 8:20), 불교(법구경 2

장 방일품 25)

기도의 축복 — 시크교(구루 아마르 다스 제1권 41), 기독교(마태복음 21:22),
이슬람교(코란 40:60), 유대교(시편 145:18), 힌두교(슈베타슈바타라 우파
니샤드 2.3), 신도(신토 고부쇼)

이성을 초월하는 평화 — 기독교(빌립보서 4:7), 불교(법구경 7장 아라한품
96), 힌두교(바가바드기타 5:24), 이슬람교(코란 6:127), 유대교(민수기
6:24~26), 도교(장자 23.7)

당신의 뜻이 이루어지이다 — 기독교(마태복음 6:10), 힌두교(바가바드기타
18:73), 유대교(시편 40:8), 시크교(구루 아마르 다스 제1권 L 〔매콜리프
서문〕), 이슬람교(코란 4:124), 유교(논어 2.1.4.6)

세계 종교의 기도문 — 기독교(마태복음 6:9~13, 주기도문), 유대교(시편
25:1~5), 이슬람교(코란 1:1~7 알 파티하), 힌두교(브리하다랴냐카 우파
니샤드 1.3.28), 불교(적천의 입보리행론), 시크교(구루 고빈다 신하 Guru
Govinda Sinha)

연대기

힌두교의 『베다』 경전
(구전은 고대 인도에서 시작됨) ······························기원전 4500년~3000년

모든 대륙의 문화적 지혜
아프리카, 유럽, 북미, 남미, 아시아
(구전은 선사시대에 시작됨) ·····························기원전 4000년~3000년

힌두교의 신 크리슈나 ···기원전 1500년

신도 경전
(구전은 선사시대 일본에서 시작됨) ···························기원전 1500년

유대교 ··기원전 1300년

모세 ···기원전 1300년

솔로몬 왕 ··기원전 970년

노자 ··기원전 604년~515년

마하비라, 자이나교의 창시자 ···························기원전 599년~527년

부처 ··기원전 573년~483년

공자 ··기원전 551년~479년

소크라테스 ··기원전 470년~399년

플라톤 ··기원전 429년~348년

맹자 ··기원전 370년~290년

예수 ··기원전 5년~서기 30년

바울 ···3년~66년

시나이 사본(코덱스 시나이터쿠스)
그리스어로 된 최초의 성서 필사본 ·································350년

마호메트 ···570년~632년

수피교 ··800년

구루 나나크, 시크교의 창시자 ························1469년~1538년

바하 울라, 바하이교의 창시자 ························1817년~1892년

추천도서

추천도서는 모두 세계의 위대한 종교에 대한 훌륭한 설명과 함께 주요 경전에 대한 전체적 또는 부분적인 번역을 포함하고 있다. 대부분의 책들은 대형 도서관에 소장되어 있으며, 각 종교 단체나 인터넷을 통해 구할 수 있다.

번역된 경전을 비교해 보면 번역한 사람에 따라 내용이 확연히 다르다는 것을 알 수 있다. 어떤 경우에는 표현이 너무 달라서 경전의 정확한 위치를 소개하는 글임에도 불구하고 알아보기 어려울 정도이다.

이 책에서 사용된 경전의 말씀들은 표현이나 문체가 적절하여 원저자가 본래 의도한 바를 잘 포착하고 있으며 가르침의 '문자'와 '정신'을 모두 잘 표현하고 있다고 생각되는 번역만을 골라 실었다.

Al-Suhrawdy, Allama Sir Abdullah. *The Wisdom of the East Series: The Sayings of Mohammed.* London: John Murray, 1941.

Champion, Selwyn Gurney, and Dorothy Short. *Readings from World Religions.* Boston: The Beacon Press, 1951.

Cowell, E.B. *Jatakas.* London: Cambridge University Press, 1985.

Dhammika, Ven S. *The Edicts of King Ashoka.* Buddhist Publication Society, 1993. DhamaNet Edition, 1994.

Das, Bhagavan. *The Essential Unity of All Religions.* Wheaton, Ill.: Theosophical Press, 1939.

Gaer, Joseph. *The Wisdom of the Living Religions.* New York: Dodd, Mead & Company, 1956.

Ganguli, Kisari Mohan. *The Mahabharata.* Volumes 1~12. New Delhi, India: Munshiram Manoharlal Publishers Pvt. Ltd., 1970.

Gleanings from the Writings of Bahá'u'lláh. Trans. Shoghi Effendi.

Second rev. ed. Wilmette, Ill.: Baháí Publishing Trust, 1976.

The Holy Bible. King James Version.

The Holy Bible. Revised Standard Version.

Hume, E. H. *Treasure-House of the Living Religions*. New York, London: Charles Scribner's Sons, 1933.

Johnson, Francis. *Hitopadesa: The Book of Wholesome Counsel.* Rev. Lionel D. Barnett, London: Chapman and Hall, 1923.

The Koran (Qur'an). Trans. George Sale. Philadelphia: J. B. Lippincott & Co., 1864.

Legge, James, D.D., L.L.D. *The Life and Works of Mencius.* London: Trübner and Co., 1875.

Macauliffe, Max Arthur. *The Sikh Religion: Its Gurus, Sacred Writings and Authors.* Volumes 1~6. Bombay, India: Oxford University Press, 1963.

Mbiti, John S. *Introduction to African Religion.* Oxford: Heinemann Educational Publishers, 1991.

Old, W. G. *Shu King.* New York: Theosophical Publishing Society, London & Benares, 1904.

Oriental Literature: The Literature of China (including the Analects of Confucius). Rev. ed. New York: Colonial Press, 1900.

The Sacred Books of China: The Texts of Taoism. Trans. James Legge, D.D., L.L.D. London: Oxford University Press, 1891.

Sacred Books of the East (including the Vedic Hymns and the Dhammapada of Buddhism). Rev. ed. New York: P. F. Collier & Sons, 1900.

Sacred Books of the East: Laws of Manu. Trans. George Bühler. Oxford: Clarendon Press, 1886.

Sacred Books of the East: The Upanishads. Trans. F. Max Müller.

Oxford: Clarendon Press, 1879.

Zona, Guy A. *The Soul Would Have No Rainbow If the Eyes Had No Tears, and Other Native American Proverbs.* New York: Touchstone, 1994.

❊ 역자 참고도서 및 인터넷 사이트

『우파니샤드 I, II 』(한길 그레이트 북스): 이재숙 역, 한길사, 1996.

『바가바드기타』(한길 그레이트 북스): 함석헌 역, 한길사, 2003.

『법구경: 영원한 진리의 말씀』: 김달진 역, 현암사, 1997.

아멘.org (아멘 성경) http://www.amen.org/kr/bible

한국 이슬람교 중앙회 http://www.koreaislam.org/sitemap.php

한국 이슬람 정보 사무국 http:// www.isuram.org/kkuran/index.html

탈무드 http://kcm.co.kr/mishnah/tm1/index.html

도덕경 http://210.99.156.1/home/yjkim/noja-index.htm

박병구의 열린 한문교실 http://www.openhanmoon.pe.kr/

역자소개

전광수

1964년에 태어났으며, 연세대학교 물리학과를 졸업했다.
삼성 SDS 솔루션 사업부에 근무했으며, 현재 번역 프리랜서로 활동 중이다.

임종원

1967년에 태어났으며, 경북대학교와 침례신학대학교 신학대학원 졸업했다.
도서출판 NCD에 근무했으며, 현재 기독교 서적 번역 프리랜서로 활동 중이다.

남선옥

1974년에 태어났으며, 부산외국어대학교 영어과를 졸업했다.
현재 YBM 시사편집국에서 CNNez와 Newsweek 21 잡지 편집자로 일하고
있다.

정은주

1974년에 태어났으며, 연세대학교 영어영문학과를 졸업했다.
현재 SEMI Korea에서 마케팅 스페셜리스트로 일하고 있다.

세계 종교가 전하는 메시지

지은이 | 제프리 모지스
옮긴이 | 전광수 외

초판 1쇄 펴낸날 | 2003년 11월 5일
초판 2쇄 펴낸날 | 2003년 11월 25일

펴낸이 | 이보환
펴낸곳 | 사람과책
편집 | 이윤정, 김경진, 박김문숙
등록 | 1994년 4월 20일. 제16-878호
주소 | 135-080 서울시 강남구 역삼동 605-10 세계빌딩
전화 | (02) 556-1612~4
팩스 | (02) 556-6842
E-mail | manbook@hanafos.com

ISBN 89-8117-079-7 03840